人と動物とヒトと

後藤直彰
GOTO Naoaki

文芸社

まえがき

作者は、定年後動物の看護士の専門学校の校長を引き受けました。

その関係で、動物看護士向けの雑誌『ａｓ』に四年あまり短編を連載しました。読みかえすと、作者の温かい人柄が偲ばれます。甥、姪にそれを伝えたく、一冊にまとめたものがこの書籍です。

「第19話　日の丸」のディスカスは彼の憧れであり、「第22話　五十鈴川《いすずがわ》」では作者の母との思い出、「第24話　冷蔵庫」は山口大学時代に本当にあった話です。

文芸社にお願いしたところ、全国に流通出来る内容であるということで、全国出版の提案をいただきました。内々のことで済まそうと思っておりましたが、大袈裟なことに。少し考えて、出版を決意しました。動物好きの方に読んでいただけたら嬉しいです。

二〇二三年三月十二日

後藤　惠子

目次

第1話　青い扉の動物病院

雨が上がったところです。

ひとみは黄色い傘を振り回し、大きな目であっちこっち見回しながら家の方へ向かっていました。

「ひとみ」という名前は、生まれた時とても大きな目だったので名前に付けたそうです。ひとみはその自分の名前がとても気に入っていました。

にわか雨で、取り込み忘れた洗濯物からしずくがたれています。雲が流れて、ところどころの切れ間から青い空がのぞいています。塀の上から乗り出しているヤツデの葉は、まだ濡れて光っていますが、遠くのビルの最上階にはもう陽が光っています。少し冷たい感じです。でも、気持ち良い風です。

「道路が穴だらけでね、雨の後は水溜まりもよけて歩くのが大変だったのよ」

とお母さんが言っていたのを思い出しました。でも、どんなだったか想像できません。道路の穴なんて見たことがないのです。

今は舗装された平らな道で、水溜まりなどはありません。ただ、アスファルトがたるんだように少しへこんでいて水溜まりといえるかもしれませんが、薄く雨水が残っていて車が通るたびに水しぶきが上がります。

黒い大型の乗用車が走ってきたので、ひとみは道の端によけました。しぶきが飛びましたが大丈夫です。

その時です。よけた所から一つ先の電柱の根元で何か黒いかたまりが動いたように見えました。半分陰になっていてよくわかりませんが動物のようです。

近づきながらトレードマークの大きな目をこらしてみると猫のようです。子猫みたいです。すぐそばに近寄ってみると本当に子猫でした。動きません。眼を半分閉じています。もうだいぶ前からそこにいたのでしょう。毛がぐっしょり濡れています。

ひとみはそっと手を出して触ってみました。ちょっと恐かったのです。だって、以前に野良猫の子を抱こうとしてひどく引っ掻かれたことがあるのです。

子猫は赤い細い首輪をしていました。勇気を出して持ち上げようとするとウウッと小さく唸りました。どこか痛かったのでしょう。

とうとう抱え上げました。ベチャッとした感じで、よごれた水が肌までしみました。その時、子猫の右の前肢がダラッと垂れたのがわかりました。

「骨が折れているのだわ。これだけジッとしているのだから体も強く打ったのよ、きっと」

ひとみはさっき走り去った大型の乗用車を腹立たしく思いました。子猫は、本当はもっと前にはねられたのはわかっているのですが、腹が立つ時には具体的な対象が必要なのです。動物病院に連れて行かなければと思いました。が、今まで動物病院なんて行ったことはありません。どこにあるのかもわからないのです。あれは小児科の病院だし……　などと街の中のことをあっちこっち考えました。そういえば少し先の郵便ポストのところに小さな動物病院があったのを思い出しました。目標がはっきりすると少し元気が出ました。猫をしっかり抱えて、傘を腕にかけて歩き出しました。

本当に小さな動物病院でした。青い色の扉がとても可愛らしく見えました。どうしようかとちょっと迷いましたが勇気を出して扉を押しました。中の方でチャイムが小さく鳴りました。中に入ると待合室にもガラス越しに見える診察室にも誰もいません。

少し間があって診察室にオカッパ頭の女の子が出て来ました。女の子じゃありません。獣医師の先生です。先生は、待合室との間の扉をあけて不安げな様子で立っているひとみのところへ来ました。背が低く、５年生のひとみとちょうど同じくらいです。オカッパの髪の下に眼鏡が光りました。大人らしい感じです。でも足を少し開いて腕を組んで立っている姿勢や、ちょっと覗き込む様子がいたずらっこみたいです。

「どうしたの？」

ちょっとひとみの腕の中の子猫に目をやると、すぐに事情がわかったようでした。

「ネコちゃんね。びしょびしょね。交通事故かな。君んとこのネコ？」

たて続けに言葉が出てきました。ひとみはかぶりを振りました。

先生はウンウンというようにうなずくと、

「わかった。はねられていたのね」

そして、もう一度覗き込むようにして、

「ウン、この猫見たことあるわ。きっと飼い主はわかるよ」

ひとみは少しホッとしました。病院の費用は誰が支払うのか、心配になっていたのです。

ひとみは消毒液のにおいがする診察室に入りました。初めて見る動物病院は何でもきちんとしています。ステンレスの診察台と流し台が光り、天井からはいくつもの目玉がついているような大きな円形の電灯が下がっています。棚の上には小型のブラウン管がついたむずかしそうな器械や赤や黄色のラベルのついたコードも吊り下げられています。ガラスの戸棚にはにぶい銀色に光るいろんな道具が並んでいて、何でも揃っている精密機械の工場のようです。

ひとみは言われるままに診察台の上に子猫を置きました。子猫はちょっとだけ目を開けましたが、すぐにまた閉じてじっとしたままです。

「猫、おさえててね。急に起き上がって台から落ちることがあるんだ」

オカッパ先生のそばに寄ると、淡いレモンの香りがしました。先生は、タオルで濡れた毛を丁寧に拭きました。子猫はどこか痛いのでしょう。時々クウウと声を出しました。

「前足が折れている」

オカッパ先生は診察台の上の猫をあっちこっち触りながら、「うん、他は大丈夫そうだ」などとひとりでブツブツ言いました。子猫は起き上がろうと少しジタバタしました。次に先生は注射の準備をし、麻酔をかけました。

レントゲン写真を撮るからということでひとみは待合室に出されました。自分達の小学校では、よく「素早い判断、素早い行動」ということが言われています。ひとみはそれが苦手でした。何でも始める前にちょっと考えるので、それだけテンポが遅れてしまうのです。オカッパ先生は本当に「素早い判断、素早い行動」のお手本みたいです。こういう、動物の病気を治療する仕事では大切なことに違いありません。

「もう入っていいよ」

オカッパ先生の声がしました。先生は、レントゲン写真を蛍光灯の方にかざして、

「うん、やっぱり」

と小さな声でいいました。言葉を口に出すことで次の行動が決まるらしいのです。

子猫はまだ眠っています。脈拍が小さなブラウン管に写っています。規則正しい波の形ができては消えていきます。いつまでも、どこまでも、できては消えていきます。生きているって、こういうことかもしれない、とひとみはふと思いました。

オカッパ先生はガーゼが巻いてある板切れを取り出して折れている足に当てました。そして包帯でぐるぐる巻いて足が動かないようにしました。

「これでいいかな」

先生は一歩さがって、全体を見わたすような目で見て、

「少し様子を見て、だめだったらピンを両側へ差し込んで固定するけど、完全に骨が離れているわけではないから」

と、ひとみの方を向いて説明しました。眼は「わかるかな」と言っているようです。やっと一息ついた感じです。

「あら、それ」

オカッパ先生が急に気付いたようにひとみの胸のあたりを指しました。

「ネコちゃんが濡れていたからね」

そうです。泥水でブラウスがぐっしょり濡れているのです。新しく見ることがいっぱいあってすっかり忘れていましたが、気が付くと下着を通してじっとり冷たい感じが伝わってきます。

「ちょっと待っててね」

先生は後ろのドアーを押してパタパタと奥へ駆け込んで行きました。

猫はまだタオルの上で眠っています。

時計の針が静かに廻っています。

先生はシャツを抱えて戻ってきました。

「これに着替えてね。私のだからちょっと大きいかしら」

薄手のデニムのシャツで、黄色い糸のヒマワリの刺繍がついています。

「いいんです。このままで」

「だめよ、風邪ひくから」

でも本当は下着も少し濡れているのだから上だけ着替えても仕方ないことだと思ったのです。

先生は無理矢理ひとみのブラウスを脱がせデニムのシャツを着せました。

猫は病院で預かっておく、と言われたのでひとみは傘と汚れたブラウスの入っている紙の手さげ袋を持って、もう暗くなっている外へ出ました。

風が少し出ていますが、乾いたシャツが気持ち良い暖かさです。急にオカッパ先生のことを思いました。そして、紙の手さげ袋を振って大股に歩きはじめました。

淡いレモンの香りがします。

第2話　山本先生

「山本先生は冷たい」というのが医局での評判でした。医局というのは、先生方のたまり場のような部屋で、部屋の真ん中の大きなテーブルの上には古い週刊誌やクッキーの缶、灰皿などが乱雑に置いてあります。

山本先生はこの大学の動物病院では病院長の次の先生です。何事もてきぱきしていて、決断も早く、ぼやぼやしていると叱られそうでした。それだけに手術も上手だということですし、説明もはっきりしていて、病気の動物たちの飼い主の中には、山本先生に診てもらいたいと思っている人が多いようでした。

智絵は動物看護学校の生徒です。校外実習で同級生と2人でこの病院へ来ました。最初の日に挨拶にお部屋にうかがった時、山本先生は、

「いろんなことをよく見て行きなさい」

それだけでした。優しそうでも、冷たくもありません。立派な感じでした。

大勢いるスタッフの中には、少し事務的すぎるのではないか、動物を扱っているのだからもっと親身であってもいいのに、とか、何か心が通っていない、という人もいます。

そして、まだなんとかなりそうな交通事故の犬を見殺しにした話などをして、

「要するにあの人は面倒なことは嫌なのだ」

と言ったりするのです。


夕方になって、お婆さんが猫を抱えて病院に入ってきました。このお婆さんは、前にも見たことがあります。近所に住んでいて、たくさん猫を飼っているのだそうです。もう受付の窓口は閉まっています。ちょうど通りかかったのでしょう、山本先生がお婆さんに、叱るような口調で話していました。

「だめです。この間も言ったでしょう。新患の受付は午前11時までです」

「でも、今晩死んでしまうかもしれないので」

「それはそうかもしれませんが、あなただけ特別というわけにはいきません」

そう言って先生は足早に行ってしまいました。

お婆さんは、智絵の方に近寄ってきました。

「ねえ、先生」

「だめです。私は先生じゃないんです」

智絵は思わず後ろへさがりました。

しばらくして玄関に出てみると、お婆さんが猫を抱えてとぼとぼ帰って行くのが見えま

した。

　ちょうどその時、山本先生が階段を降りてきました。ふだんならそんな時、とても声も出ないほどなのですが、とっさに言葉が出ました。

「先生」

　先生は驚いたように、

（何？）そんな表情でした。

「あの、あのお婆さんの猫、どうして診てあげないのですか」

「ああ、そのことか」

　先生は、智絵の言いたいことがわかったようでした。

「あれは、あの人だけ特別ということはできないんだ。どんな患者さんにも平等、公平につき合うのが大切だからなんだ」

「でも、今晩死ぬかもしれないと言っていました」

「あの人は、いつもそう言うんだ。今日だけのことじゃない。それにまだ大丈夫そうだったしね」

　そこで先生は思いなおしたように、

「余計なことかもしれないが、みんなに公平にすることは難しいことなんだ。みんなによいようにと思うと、逆にみんなから悪く思われてしまうことが多いから、それでもいいという覚悟が必要だが」

先生がそんな長い言葉で話すのを、智絵は初めて聞きました。先生が下へ降りて行った後も、何か重要なことを聞いたように、繰り返し、言われたことを考えました。


智絵の診察室の掃除当番の日です。犬や猫の細かい毛や、消毒液がこぼれた跡、床に貼り付いた絆創膏など、片付けたり、拭き取ったりすることがいっぱいあります。血が付いた脱脂綿や使い捨ての注射器はまとめて医療用廃棄物として決まった箱に入れます。一般のゴミとは別なのです。

モップで床を拭いていると、誰か後ろに来たようです。振り向くと、山本先生でした。

「だめだな。もっと力を入れて。ほら、まだここに血がたれた跡が残っている」

それはもうちゃんと一度拭き取ってあって、あるかないか目を凝らさなければ見えないほどのシミなのです。山本先生は智絵の手からモップを奪い取るようにして、腰を少し低くし、力を入れて床を２～３度こすりました。緑色の床は、その部分だけ光るようにきれいになりました。先生は黙ってモップを渡して、足早に出て行きました。

「気にしないほうがいいよ」

そばにいた若い先生が言ってくれましたが、智絵はひどくこたえました。

白血病の猫がぐったりしてケージの中のタオルの上に横たわっています。もう入院して2カ月になります。おとなしいシャム猫で、とても人なつっこく、智絵もかわいがっていました。毎日健康状態をチェックしています。

診断がついてから抗癌剤の投与がされています。薬の性質として、癌細胞が殖えないようにする作用がありますが、正常な血液を作る骨髄の細胞も一緒に殖えなくしてしまうので、貧血が起こるのです。

薬を与える期間はだいたい2週間で、その期間が終わると、しばらく休んで様子をみます。この猫も1回目の投与期間がすんだ時には効果があったらしく、元気も回復して動作も目の色もうれしくなるほどよくなりました。

その後半月ほどして猫はまた調子が悪くなりました。2度目の薬の投与が始まりましたが、今度はあまりよくなりません。癌細胞のうち、前回の薬に耐えて生き残ったものが増殖しはじめたので、同じ薬では効き目も弱いのだ、と若い先生が説明してくれました。

血液検査では、血液中の赤血球と白血球の割合を示すヘマトクリット値も確実に低下しています。

「どうお、気分悪い？」

猫は頭を起こしました。頷いたような感じです。

夕方になると猫はほとんど動かなくなりました。時々口を開けて息を吸い込む動作をします。なんとかしなければと思い、先生か、研究員の人を捜しに行きました。廊下を歩いていると山本先生の部屋の前に出ました。すりガラス越しに影が動きました。どうしようかとちょっと躊躇しましたが、思い切ってノックしました。

「どうぞ」

という声がしました。扉を開けると、

「あ、君か。何？」

「入院中のシャム猫なんですけど、死にそうなんです」

「ああ、あれか」

先生は少し考えるようにして、

「あれはもう無理なんだ。われわれの力ではもうどうしようもないんだ。……あとで見に行くから」

それ以上の説明はありません。何か割り切れない気持ちで、エレベーターも使わずに階段を降りました。

猫はもう水も飲めません。水を含ませた脱脂綿を口に当てて、いくらかでも吸わせるように飲ませました。何度もそうやって飲ませましたが、だんだん吸う力も弱っていくようでした。

翌朝、智絵はお掃除の当番が来る前に病院へ行きました。

「明日、私が来るまで生きているのよ」と約束して帰ったのです。どうか生きていてほしい、と足も速くなります。

手提げ袋をロッカーに投げ込むようにして地下の入院室に降りていきました。

扉を開けると誰かいます。後ろ姿で山本先生とわかりました。床に座って猫を抱いているようです。もうずっと長い時間そうしていたのでしょう。じっと動かない姿はそのことを物語っているようでした。何か言っては悪いようで、智絵は足音を忍ばせて入院室を離れました。宿直の若い先生が、山本先生は昨夜は帰宅せず、入院室に行きっきりだったらしい、と言っていました。

自分の力ではどうにも救えない白血病の猫を、山本先生は一晩中抱き続けていたのだということが智絵にはわかりました。下がりかけた体温をなんとかして下げないようにと、自分で温めていたのでしょう。そして非科学的であることを知りながら、奇跡が起こることを祈っていたに違いありません。

その日の夕方です。玄関でまた猫を抱いたお婆さんに山本先生が言っていました。

「いいですか、明日11時までに来てください。そうすればちゃんと診ますから」

第3話　サッカー

ゴールの後ろ側は低い土手になっていて、その上には金網の柵が立っています。金網の塀の向こう側にこの大学の動物病院の建物が見えます。塀の金網は練習の後で、汗まみれになったシャツの端っこを網目に差し込んでぶら下げておくのに便利です。

土手はなだらかなので、寝っころがって休むのにちょうど良く、練習の初めや、終わった後は大抵、みんなここに集まってきます。

勇治たち、山上チームの小学生は、まだ練習前なのですが、ここに来て寝ころんでいます。こうやってエネルギーを蓄えるのだと生意気なことを言っています。

グラウンドの反対側から誰かが走ってきました。キャプテンの謙ちゃんです。

「今日はコーチはお休みだって、電話があったんだ」

「本当！」

みんなはアレッという顔をしました。

山上チームという名前はコーチの姓から付けたものです。山上コーチは大学を卒業したばかりの、まだ現役のサッカーマンです。

最年長で6年生の明君が聞きました。

「コーチはワールドカップの予選にでないのですか」

「ぼくが？」

山上コーチはひどく驚いたようです。

そして笑いながら、

「ぼくが日本代表になったら、日本はビリのその下になっちゃうよ」

ビリの下なんてあるのでしょうか。そんなもの無いはずです。コーチはビックリするほど上手ですし、本気でシュートすればゴールネットも破れるほど強烈なのです。

「あれは謙遜しているんだよ」

と、後で誰かが言いました。それでみんな納得しました。

コーチが言うようにすれば上手になれると誰もが信じています。先週の練習試合では格下の相手でしたが、それでも5－0で勝ったのです。それに山上コーチは明るくって、足も長く、恰好もよくって、男らしい匂いもします。そばに居るだけでわくわくしてきます。


そのコーチがお休みなのです。

集まった8人は急に元気がなくなりました。起き上がりかけたものも、また寝ころんでしまいました。勇治は空を見ました。青い空を綿飴みたいな雲が次々と流れて行きます。

「どうする？」

寝ているのもあきて誰かが言いました。何人かは半分起き上がっています。自分たちだけで練習するなんてつまらないとみんな思っていることはわかっています。

その時です。動物病院のほうから一匹の犬が歩いてくるのが見えました。飼い主の姿はありません。軽快な早足で犬は近づいてきます。

小型のコリーのシェットランド・シープドックで、一般にはシェルティと呼ばれている種類です。犬は勇治たちの20メートルくらい前で立ち止まりました。耳をこちら側に向けてぴんと立てて少し警戒している様子です。

「おーいシェル」

一郎君が呼びました。名前がわからないので、シェルティだからとりあえずそう呼んだのです。

犬はちょっと驚いたようにピクリとしました。でも、それからゆっくりと近づいて来ました。そして5〜6メートルのところでまた立ち止まりました。

「ほら」

5年生の弘君がボールを転がしました。ボールは犬の横を通って、転がって行きました。

犬は振り向きざまにボールを追って駆けだしました。そして、ほとんど止まりかけたボールに追いつくと姿勢を低くして頭でボールを押しました。それから今度は頭と頸と前足あたりで押すようにしながらボールを勇治たちのほうに運んできました。きっと訓練を受けたことがあるのでしょう。みんな感心しました。犬でもドリブルができるのです。

「そーれ」

一郎君が少し強めにボールを転がしました。犬は尻尾をなびかせて懸命に追いかけて行きます。ボールはテニスコートとの境界のフェンスのところで止まりました。一郎君も追いかけました。犬はボールのところに止まって赤い舌を出してハアハアいっています。

一郎君も追いつきました。

「オーイ」

弘君が反対側のサイドで声をかけて手を挙げました。サイドを変えるロングパスのサインです。

一郎君が思い切ってボールを蹴り上げました。犬は空を見上げながら懸命に追いかけます。

方向が少し逸れて前のほうへ行き過ぎましたが、弘君は走ってうまく拾いました。そして今度は逆に左足で一郎君に向かってボールを返しました。

距離も方向もピッタリです。

今まで、何度もコーチに注意されてもうまくいかなかったのですが、自分でもうっとりするほどのできです。でも、満足に浸っている暇はありません。ゴールの正面で一郎君のセンタリングを受けてシュートするのです。

シェルはまた一郎君のほうへ向かって突進しました。でもボールのほうがずっと速く、半分も行かないうちに一郎君に渡っているのです。

一郎君は素早くドリブルでボールをコーナーに持ち込みました。

センタリングが上がりました。利き足の右ですが、身体が前に行くスピードがついているので、普段はなかなか方向が定まりません。でも今日はファーサイドの弘君の頭にピッタリ合いました。

ヘディングはゴールの中の地面に、という基本通りです。

「ナイス」

向こうで見ていた連中から声がかかりました。

こんなにうまくいくことなんて滅多にないのに今日はどうしたのでしょう。

「コーチに見せたかった」

と誰もが思いました。

見ていた連中も立ち上がりました。そしてかわるがわるロングパスの練習です。ボールが行くたびごとにシェルは手を抜かずに走ります。

全員が3回ずつロングパスとシュートの練習をしました。誰も驚くほどうまくいきました。それからゴールポストの下に集まりました。シェルも柱の根本に座って、荒い息をしています。

「給水をしよう」

キャプテンの謙一君がいいました。そこでぞろぞろと水飲み場へ行きました。シェルもついて来ました。水飲み場は洗面所の台のようになっているので、犬はとどきません。弘君が発泡スチロールの容器を拾って来て、よく洗って水を入れてシェルに飲ませました。それからかわるがわるシェルの頭をなでて活躍を誉めました。シェルは本当に嬉しそうに尻尾を振りました。

一息ついたところで、今度は守備をつけてのミニゲームです。

細かいパスを廻して守備をかわすのですが、なかなかタイミングが合いません。その間をシェルが駆けます。守備をかわすよりシェルをかわすほうが大変です。でも全員がシェルと一緒に走りました。

とうとう疲れました。

チーム全員が土手に倒れています。犬も腹ばいになって休憩です。

勇治も疲れましたが良い気分です。こんなにうまくいくなんてことはこれまでなかったのです。コーチの声を頼りにし、励まされ、そして何とかそれらしくなっていたのです。

今日はどうでしょう。誰も何も言いません。自分たちの意志で事が運んだのです。でも、シェルが居ました。手を抜かずに走り廻るシェルを追いかけるようにみんな走ったのです。

その時です。向こうの動物病院のほうから男の人が出てきました。背が高く、少し派手なジャケットを着ているのが遠くからもわかりました。だいぶ年配のようですが歩き方は軍人みたいです。手には折りたたんだ紐みたいなものを持っています。

だんだんこちらへ近づいて来ました。シェルの耳がそちらのほうを向きました。

「シェル、ここに居たのか」

と、男の人はいいました。

本当にシェルという名前だったのです。シェルは立ち上がって男の人のほうに歩いて行きました。

「シェル、いじめられたりしなかったか」

そういっているのが聴こえました。

大人って、子供をそんなふうにしか見ないんだ。全員がそう思いました。

シェルは紐で引かれて、何度も振り返りながら戻って行きました。

勇治は何か大事なものをなくしてしまったような気がしました。

「帰ろう」

と誰ともなく声があって、みんな立ち上がりました。

第4話　痩せた子猫

八重はとても背が低い子でしたので、いつも姉達に馬鹿にされていました。

「八重はこんなにオチビだから、大人になってもお母さんなんかになれないのよ」

心がグサリと傷つくようなことを平気でいうのです。でも、いわれているうちにだんだん慣れてきて、あまり感じなくなりました。打たれ強くなった、ということでしょう。背は低くても運動神経は良いほうなので、バレーボールに夢中になっていました。

二人のお姉ちゃんは八ヶ岳の合宿に行って2週間は帰って来ません。とても気が楽です。お姉さんが居ていいわね、とよく友達にいわれますが、本当のところはとても重荷なのです。一人っ子だったらいいのに、と時々思います。

みんな呑気に合宿に行っているのに自分だけこうやって学習塾に行って受験勉強なんかしなくっちゃならない、と塾からの帰り道に思いました。

まだ夕方には間があるのに、どんより曇っていて暗くなってきました。四ツ角の隅にゴミの袋が重ねてあります。本当はこんなゴミ袋はまだ出しちゃいけないんだ、カラスや野良猫が穴をあけて散らかしたりするんだから。八重は小さな正義感で憤慨しました。

その時です。袋の間で何か動きました。どきっ、としましたがよく見ると子猫です。破れた袋の口からはい出そうともがいているのです。

八重がよく見ようとすると子猫も八重のほうをジッと見ました。目が合いました。子猫は細い声でニャーと鳴きました。


どうしようという気はなかったのですが、とりあえず袋の破れ目から出してやりました。

小さい猫です。痩せていて、歩くと横へ行ってしまいそうによろよろしています。頭は不釣合に大きく、前につんのめりそうです。そして、しゃがんでいる八重の足元に寄って来てつかまろうとするのです。

「どうしようか」

八重は困りました。

「連れて帰るわけには行かないし」

八重は子猫をゴミ袋のそばへ戻して立ち去ろうとしました。すると、子猫はよろよろと走って八重に追い付こうとするのです。八重は足早に行きました。少し行って振り返ると子猫はまだついてこようとしています。道の真ん中を歩いているので、車が来たら轢かれてしまいそうです。

やむなく八重はとって返して子猫を抱き上げました。ゴミの臭いがしました。

子猫はまたニャーと鳴きました。

猫を抱いて歩きはじめると自転車が寄って来て止まりました。

「猫なんか連れてどうしたんだい」

八百屋さん兼ミニスーパーのおじさんです。八重はそこのゴミ袋の中に居たことを話しました。

「ひでぇことをするなあ」

おじさんはちょっと子猫の頭をおこして、

「だめだな、これは。こんなに痩せてちゃ死んじまうな。一度エサが切れた子猫はだめなもんだ。置いてきたほうがいいよ」

そういって自転車をこいで行ってしまいました。

そうかもしれないと思っていたことです。はっきりいわれて八重は少しショックでした。でも、大丈夫かも知れない。だって、こうして生きているんだから。でも心配でした。

宅配便のお兄さんも顔見知りです。トラックの窓から顔を半分出しています。

「可愛い猫だけど、随分痩せてるね、母親の居ない猫はたいてい死んでしまうんだよ。それじゃなけりゃそこらじゅう、猫だらけになっちゃうよ」

大体同じ意見です。お母さんの居ない猫はみんな死んでしまう。八重は抱いている猫を見ました。安心しているようです。暖かさが伝わって来ます。

そうだ、私がお母さんになってあげる。背が低くたってお母さんくらいなれるんだ、と八重は思いました。

　家に連れて帰ろうと何度も考えましたが、お母様に叱られそうです。以前にお姉ちゃんが猫を貰ってきたことがあります。その時お母様は、

「あなたたちだけで手一杯なのよ、この上猫まで置くことなんてできないわ」

　そういわれたのです。いつになく強い調子だったので八重はちょっとびっくりしました。猫が来てうきうきした気分だったのですが、急に冷えた感じでした。

　ですから、猫を連れて帰るなどとてもできないのです。どうしようかと思いながら歩いているうちに自分の家の前に来てしまいました。

　家には誰も居ないようです。気配でわかるのです。ためしに玄関の扉を押してみましたが鍵がかかっています。隠し場所から合鍵を出して家に入り、猫を自分の部屋に連れて行きました。誰にも見付からなくてホッとしました。少しどきどきしました。でも、先のことは考えていません。猫を置いて食堂に行くとテーブルの上におやつと「6時頃には帰ります」という伝言の紙片がありました。

　もう一時間もありません。時間がたちます。

「だから、もう少し元気になったら貰ってくれる人を探すのよ、それまで2~3日この部屋に隠して置いて……」と決めました。そして少し落ちつきました。

　ミルクを飲ませなくちゃ、と思い冷蔵庫を探しましたが今日に限ってミルクのパックが

ありません。でもミルク以外には思い付かないので、ブタの貯金箱から百円玉と十円玉を取り出して自動販売機に行くことにしました。早く早く、そればかりが気懸かりです。

洗面台の下に哺乳瓶があるのを知っていました。八重が赤ちゃんの時使ったのだそうです。ミルクを薄めたものを入れ子猫の口に当てがいました。しかし、子猫は吸うことができません。

「あなたはおっぱいを飲んだことがないの?」

ここまでなっているのだから飲んだことはあるはずです。

「さあ、ちゃんと飲んで。お母さんを困らせないのよ」

でも子猫は首を振るばかりで、ミルクが床にこぼれました。

玄関の扉が開く音がしました。お母様です。

「八重、どうしたの。おやつも食べないで」

お母様の声です。

八重は食堂に行きました。

「宿題の作文のことを考えていたものだから」

そういって急いでおやつのどら焼を食べました。お母様は不思議そうです。

夕食後、八重はテレビも見ずにずっと自分の部屋に閉じ籠もってしまいました。いつもは姉妹3人一緒なのですが、今日は一人だけなので好都合です。

子猫はタオルの上でずっと寝ています。時々目を開けますがミルクを与えても飲みません。指にミルクを付けてやると少し舐めますが、すぐに止めてしまいます。動きも緩慢になってきたようです。

もう10時も過ぎました。部屋の前に足音が止まりました。八重は急いで猫をかくし机に向かって何か書いているふりをしました。扉が細くあきました。お母様です。

「もう寝なさい。明日起きられなくなるわよ」

「うん」

いつもは、

「『うん』でなくて『ハイ』でしょ」

といわれるのですが、今日はいわれません。もう大丈夫です。ベッドの向こう側に隠した猫を出してやりました。すると、猫は急に立ち上がりました。そして少し歩いたかと思うと崩れるように倒れ込みました。八重は急いで猫を膝にのせました。少しおもらしをしているようです。

「どうしたの、大丈夫」

猫は薄く目を開きました。そして頭を振るようにして目を閉じました。

脇の下に手を入れて見るとゆっくりと脈拍が感じられます。

まだ生きている、こういう時は温めるといいんだと思いました。来ているセーターを脱いで猫をくるみました。自分はパジャマの上着をはおり猫をしっかり抱きました。心臓の音も少しはっきりしてきたようです。

「しっかりするのよ、私がお母さんなんだから」

聲《こえ》にはなりませんが八重は何度も猫にいいました。

でも、八重も眠くなってきました。

「しっかりするのよ、私が……」

自分でも何をいっているのかはっきりしなくなりました。

「私が……」


気が付くと自分のベッドの中でした。もう明るくなっています。お母様がそばの椅子に座っています。

「猫は……」

八重は思わずいいました。

「遠くへ行ってしまったのよ」

お母様が怒っていない様子なので安心しました。

そして子猫は死んでしまったのだ、その子猫をかかえたまま自分は寝てしまったのだ、ということが総てわかりました。自分はお母さんには向いていないかも知れない、とぼんやりと思いました。でももう少し大人になれば何とかなるかも知れない。

「がんばらなくっちゃ」

今日はバレーボールの試合があります。

第5話　霧の中

どうしてこんなことになってしまったのでしょう。もうほんのそこまで下れぱと思って、山を越えていく仲間たちと別れたのです。

歩きはじめたときは崖のずっと下のほうに郵便局の赤い屋根が小さくみえました。そこのバス停にいって、最終のバスで帰れるはずだったのです。T字路から下りにかかるときです。突然白い雲が流れてきました。一瞬目の前が真っ白になりました。立ち止まったのですが、自分の前も横も、どっちを向いても真っ白な綿の中にいるようです。

霧だとわかったのはしばらくしてからでした。

霧に巻かれたらじっとしていて、晴れるまで待っているのが一番良い、ということは知っていました。でも、すぐそこなのです。真っ直ぐ下っていけば問題ないのです。

真弓は6人の仲間といっしょに近郊の山歩きにきました。ほかの仲間は2泊3日の予定で山小屋泊まりですが、真弓は1日しか余裕がとれず、日帰りで、途中で山を下りて帰ることにしていました。前に足を踏み出そうとしたとき、下り道がなくなっていました。

真弓は霧を分けるようにそろそろと歩きはじめました。まもなく晴れるかも知れない。

しかし、霧はますます濃くなってきました。本当にミルクの中を歩いているようです。疲れて腰を下ろしました。時計を見るともう6時を過ぎています。びっくりするほど時間が早くたちました。今からいったとしても、もうとてもバスには間に合いません。

真弓は自分が霧を甘く見ていたのに気がつきました。霧は方向感覚ばかりでなく、時間の感覚も奪ってしまうのだということがわかりました。

ちょっとそこまで煙草を買いにいった人が霧に巻かれて４ｋｍも離れた用水池に落ちて死んでいたという話や、子どもが２人で家の傍らの神社で遊んでいて霧でわからなくなり、下りてくるはずの道を上っていってしまって、山の中腹で動けなくなっていたのが発見された、などいろいろな話を思い出しました。

眼が届く範囲といっても、ごく狭いのですが、自分が下っているのを確かめようと思って道の傾きを調べようとしました。はっきりとはいえないのですが、自分の歩いてきた道は登っているようなのです。

周りは暗くなってきました。

暗く、そして寒く重い霧です。ときどき大粒の雨のような雫が落ちてきます。

また歩きはじめましたが、どこへいくあてもありません。でも道から足を踏み外して崖から落ちるようなことがあったら大変です。一歩ずつ足で探りながら進みます。もう足元もはっきり見えないのです。時計を見るともう4時間以上も歩いていることになります。

秋とはいってもまだ少し暑いほどだったのでシャツに薄手のセーターを羽織っているだけです。しかし、セーターも水を含んでずっしりした感じです。

霧は晴れません。見上げると木の梢が一瞬見え、星も見えたような気がしましたが、すぐに何もみえなくなりました。

もう疲れて立っていられません。真弓は植林の下の、いくらか乾いているところを選んで、腰を下ろしました。


少しぼんやりしてきました。

歩き回っているときは気がつかなかったのですが、じっとしていると体が冷えてきます。

霧にも濃いところと薄いところがあるらしく、それが影絵のように動いていきます。大入道のようなものやキノコのように見えるもの、怪獣のようなものもあって身が竦みます。一晩中このようなことが続いたらどうなるのだろうと思いましたが、だんだん慣れてきて恐ろしさは減ってきました。

ぼんやり見ていると犬のような形の影が出てきました。影はすぐに流れていくはずですがなぜか消えていきません。

犬です。本当の犬です。

顔はすぐ目の前にありますが、身体はよく見えません。だんだんと全身が目の前に現れました。白っぽい犬で、暗いはずなのに犬ははっきり見えます。ひどく痩せています。

夢をみているのではないかと思って目をこすってみました。本当の犬です。

犬は地面に鼻を擦りつけるようにしながら真弓の足元に近寄ってきました。あんまりゆっくりなのでスロービデオを見ているようです。白っぽいゴールデンレトリバーのような犬で、汚れていて、肋骨がはっきり見えます。目ばかり大きく、少し荒い息をしています。何か病気なのでしょう。眼も鼻も乾いているようです。

犬は何か話しかけたい様子ですが、そうした動作の間にもよろけるようで、そのたびごとに足を踏みなおしています。真弓が手を出すと一歩ずつ近づいて鼻をつけてきました。やっぱり乾いています。ちょっと指を舐めましたが舌も白っぽく見えます。

「どこかわるいの」

犬は真弓の膝にのせるように頭を下げようとしたとき、ガクッと片膝を折り曲げました。

「どうしたの」

犬は横座りのように尻を地面につけて真弓に寄り掛かりました。頭の重みが膝にかかります。毛はじっとり濡れています。

真弓はリュックサックからタオルを取り出して頭と頸のあたりを拭いてやりました。犬の眼はじっと真弓を見ています。大きく見開いていますが眼の光がありません。

寒くなりました。身体が芯まで冷えてくるようです。でも犬の体と接しているところは少し暖かく感じます。

「もっとこっちへおいで」

もうだいぶ湿っぽくなったタオルで肩のあたりまでなるべく広く拭いてやりました。

もう肩まで膝の上に乗っています。

霧が流れて、乳白色の世界が目の前を覆って、そのたびごとに意識が薄れるような気がします。

眠くなります。こういうとき、眠ってはだめだと聞いたことがありますが、自分でもはっきりしなくなります。睡魔という言葉がありますが、本当に魔物がやってくるのです。

まだ起きています。

犬がときどきちょっと動きます。そこではっとして目が覚めるのです。

犬の頭を抱えました。

暖かい毛布にくるまっている夢を見ました。


目が覚めました。

膝の上には犬の頭があります。一晩中同じ姿勢でいたので足はしびれているようです。

まだ霧はあります。でも速く、飛ぶように流れています。ときどき薄れて対岸の山肌が見えます。

昨夜のあれはなんだったのかよく思い出せません。ぼんやりしていますが、気がつくとまだ犬を抱えています。

「おや」

と思いました。

犬はまったく動きません。まだ温かみは残っていますが、じっとしています。

頭を起こそうとしてみました。犬には力がありません。


突然、真弓はわかりました。

この犬は自分を一晩温めてくれるために最後の生命を使ったのです。自分がなんとか面倒を見てあげようと思ったその犬が、本当は自分を救ってくれたのです。この犬がいなかったら、この森の中で、一人でどんなに恐ろしかったでしょう。そして一人で身体も冷えて、どうなったかわかりません。

そんな自分を助けるために、どこからかやってきたのでしょう。

「そんなことって。おまえは本当に、私の……」

声がでません。

時間がたちました。

周りが明るくなってきました。
真弓は犬の頭を抱えてそっと地面に下ろしました。
霧が晴れて太陽の光が筋を引いて射してきました。
真弓は立ち上がって道へでました。
崖の下に、思ったよりもずっと近くにあの郵便局の赤い屋根が見えます。

第6話　妖怪

靖子の家の隣には妖怪が棲んでいます。本当は岡野さんのお婆さんというのでしょうが、岡野さんなんてスポーツ選手みたいじゃないですか。とてもふさわしいとは思えません。お婆さんは白髪というか銀髪というか少し黄色が混じった白っぽい髪で、腰も直角とまでいかなくてもかなり曲がっています。サテンのような光る生地のブラウスを着て、スカートはその時々ですが真っ赤で、ときには赤と白のしましまのハイソックスをはいているのです。派手なサングラスをかけている時もあります。

初めは魔女と呼んでいました。でもテレビで見る魔女はどことなく可愛げがありますからぴったりしないということで兄上が「妖怪」と改名したのです。

「兄上」というのは少し大袈裟ですが、ある日、「兄貴とか、お兄ちゃんなどと気安く呼ばないでくれ。これからは格調高く兄上と呼べ」といいだしたので、そういうことになったのです。きっとテレビの時代劇の見すぎでしょう。

妖怪はペキニーズを一匹飼っています。年齢がわからないほどに古ぼけて髪のあたりは擦り切れていますが、まぎれもなくペキニーズです。その犬を妖怪が紐で引いたり、時には肩にかついだりしています。ペキニーズの頭が上で、その下にお婆さんの顔があるので曲がり角で急に出会うとギョッとすることもあります。お互いに信頼し合っているようです。

庭に鳥が来ます。とくに六月になって枇杷の実が実る頃になるとカラスやオナガやそれよりも小型の鳥たちが朝から来てにぎやかに実をつついています。ところがその日の騒ぎはただの騒ぎではありません。鳥達は威嚇するように鳴きわめいています。

靖子は庭に出てみました。ハランの茂みの間に何かいます。ペキニーズです。あの妖怪の家来の犬です。下から見上げる目は飼い主の妖怪には似つかない愛嬌があって、尻尾をくるくる振って寄ってくるのです。

「おいで」

手を出すと全身を揉むように喜びを表して傍らへ来ました。

あの妖怪の家来だから、と思うと何やら不穏ですが、頭の後ろをなでてやるとますます嬉しがって、立ち上がって前足でつかまろうとするのです。

「おまえはいい子だねえ」

靖子はとても可愛くなりました。でもお隣の犬です。返さなければと思いました。その時、玄関のチャイムが鳴りました。インターホンで尋ねると、

「岡野です。犬を捜しているんですが、見かけませんか」

さびた感じの声です。

妖怪です。靖子は緊張しました。

「はい、犬は来ています」

靖子は犬を抱えて玄関に出ました。お婆さんが立っていました。相変わらず赤い靴下に青いサングラスです。

無言で犬を受け取りました。

指は骨張って長く、アニメ映画の鷲鼻のお婆さんの手そっくりです。カビくさい臭いもするようです。

「やっぱりそうなんだ」

靖子は一刻も早くお婆さんから遠ざかりたくなりました。

お婆さんは黙って犬を受け取ると、そのままさっさと出て行きました。思ったよりも身軽な動きです。

部屋に戻ると庭で犬の吠える声がします。あの犬がいるのです。あれからまだ２～３分しかたっていません。

「あの妖怪の家来だから魔法の一つも知っているにちがいない。気を付けた方がよかろう」

と兄上がいっていたのを思い出しました。

じかにお隣から入ってくるのですから通路があるはずです。まさか魔法で塀を通り抜けてくるのではないでしょう。そこで境の塀のところへ行ってみました。すると、コンクリート板の塀に地面に沿って人間だって通れるほどの大きな穴があいているのです。どうしてこんな穴ができたのかわかりませんが、とりあえず犬をそこからお隣へ戻し、木の板で塞ぎその前にコンクリートブロックを置きました。

後で兄上に塀の穴の話をすると、

「それはきっと隕石が落ちて来たのだろう」

と自分でも信じていないような顔つきでいうのです。隕石は天から落ちてくるので、横から塀にぶち当たって穴をあけるなんてありそうなことではありません。


眼科の病院は混み合っていて、待合室の長椅子には5、6人の患者さんが座っていました。靖子は自分の番は4番目ぐらいと見当をつけていました。コンタクトレンズが横の方に廻ってしまって、取り出せなくなったのです。

隣にいた小母さんが話しかけてきました。

「岡野さんはお宅のお隣でしょ。何かありませんか」

「別に何も」

この小母さんは見たことのある人で近くに住んでいるらしいのですが、今まで口をきいたことはありません。

「あのお婆さんはほとんど目が見えないんですってね。白い黒いがやっとわかるくらいで。でも白い杖がきらいでいくらいっても持って歩かないんですって。それで自動車や自転車がよけてくれるように、別に住んでいる娘さんがあんな派手な色の靴下をはかせているんですってね」

娘さん、といっても随分の年齢と思いますが、二人いてそれぞれ離れて住んでいることは話に聞いていました。目が見えないというのは初耳です。

「じゃあ犬を飼うのも大変ですね」

「でもね、あの犬がよくできた犬で、盲導犬の役目をするんですって。何か危険があると吠えて知らせるんですってよ」

初めて聞く話ばかりです。何も知らなかったとはいいながら、「妖怪」なんて呼んだのは良くないことだったかな、と靖子は少し反省しました。

家に帰ると玄関で誰かが母親と話をしています。

「そういうことで、足の骨を折ってしまったものですから私のところに引き取ることにしました。それで、御挨拶にあがりました」

話の様子では岡野さんのお婆さんの娘さんの一人のようです。

後で聞いた話では、岡野さんのお婆さんは例によって犬を引いて買い物に出て、酒屋さんの角のところで、出会いがしらにワゴン車にはねられ、足の骨を折ったのだそうです。犬は大丈夫だったのかどうか、と尋ねたところ、犬が先にはねられて、おなかを打って出血多量でもうどうしようもなかったということでした。

「でも、あの犬が前に飛び出したので運転している人が急ブレーキをかけて、それで母は足を折っただけで済んだのだと思います」

と娘さんは涙で目を潤ませながら話されたそうです。


自分達は勝手にいろいろなことを想像しているけれど、本当は随分想像のおよばないことがあるものです。

夜になって兄上が帰って来たので、岡野さんのお婆さんが足の骨を折ったこと、犬が身代わりに事故死したことなどを話して聞かせました。

しかし、あまり感動も反省もしないようで、

「ふうん、そうか」

といっただけです。

その上に、

「でも、やっぱり隣の家に妖怪が棲んでいるっていう方が格好が良いのにな。魔法が使える犬を連れた妖怪がいるなんて素晴らしいじゃないか。それがただの盲目の老婆と介護犬というのでは平凡すぎて面白味がないではないか」

などと不埒なことをいうのです。

「あの犬が通ってきた塀の穴はどうしてできたのかしら」

「あれは消防にいわれたもんだから、火事の時なんかの避難路としてずっと前に作ったものなんだ。何かの加減で、いつも閉めてあった扉みたいなもんがとれてしまったのだろう」

ちゃんと知っているのです。

第7話　誕生

子犬が生まれるのです。

母犬のおなかの中で子犬が動いています。頭なのでしょう。硬いものが触れます。中で死んでいるのではないかと心配になるほど長い時間じっとしていますが、突然ぐりっと動きます。

「あっ、動いた」

まだ生まれ出ていない生命と出会った驚きと喜びのまじった一種の感動があります。それと同時に無事に生まれるかどうかという不安が広がってきます。

犬は安産のお守りになるほどお産が軽いといわれますが、決してそんなことはないそうです。

母から聞いた話ですが、子供の頃飼っていた中型の雑種犬は難産で死んだそうですし、最近の小型犬では陣痛が弱く、帝王切開で子犬を取り出すことも多いという話もあります。

帝王切開とは開腹手術のことで、子宮壁を切開して胎児を出すのです。かのジュリアス・シーザーがこの方法で生まれたことから、そう呼ぶようになったといわれていますが別の説明もあるそうです。

ヨークシャテリアのリズは生後６カ月で智子の家に来ました。体が小さいのでいつまでたっても子供のようです。ですから発情が来たときはびっくりしました。

「あなた、もうそんなに大人なの」

何をいわれているのかわかりません。リズは首をかしげてじっと智子を見ています。子犬を産むには小さすぎる。いつまでもそんな感じでした。でも子犬が見たいと思いました。

近くで、犬の繁殖を手がけている山岡さんに尋ねると、２度目の発情があったら子犬を産ませても大丈夫と教えてくださったのですが、何か痛々しい感じで、そのままにしていました。

２才過ぎたらと思っているうちに、もう２才半になりました。

どうしたらよいか母に相談して山岡さんに聞いてみることにしました。

「はじめの出血があったら、その日から数えて13日目ぐらいに排卵があるのね。でも初めの１日か２日はたいてい見落とすから日数通りにはいかないのよ。発情があったら一度連れていらっしゃい」

山岡さんのきれいな白髪が午後の陽光に輝いています。

方針が決まると急に気になりだしました。今までの発情から考えて９月の半ば頃に始まる予定です。

新学期になって気を取られることが多く、少しの間忘れていましたが、日曜の朝床に1滴血のようなものが落ちているのを見て、智子は慌てました。

「もう4日目ぐらいね」

山岡さんはちょっと調べてみていいました。ベテランらしく自信に満ちています。そしてあと1週間ぐらいしたら預かるといってくださいました。山岡さんのところの雄犬と交配するのです。

交配後3週間目になりました。何の変化もありません。3週間後ぐらいに食欲が落ちたり、軽い吐き気があったりする「つわり」の症状が現れると妊娠したらしい、ということになりますが、偽妊娠ということもあるので、決定的とはいえません。何か変わりはないかとやきもきする日が続きます。

ところが、それまでいろいろと心配していた母が急に関心を失ったようです。こうなのよ、といっても、

「あらそう」

という気のない返事です。

間もなくその理由がわかりました。智子は忘れていましたが、姉の子供が生まれるので

す。母には初孫に当たるので、その方に気がいってしまって、犬のことなど問題ではなくなっているらしいのです。

　まだ予定日までには大分あるのに、それに御主人もいることだからそんなに一生懸命になることはないのだ、と思いますが、孫となると格別なのでしょう。

　でも、リズのことは身近なことですからもっと親身になって欲しいのです。


　リズの食欲が落ちました。吐き気もあるのでしょう。時々苦しそうな様子もします。でも病気ではないので、どうすることもできません。もしかすると、何か別の病気ではないか、と心配になります。どうやら妊娠したらしい、という嬉しいような気分と、不安な気持ちが入り交じって複雑ですが、待つしかないのだと母にいわれました。3、4日たつと痩せたのが目に見えるようになりました。気が気ではありません。5日目になって少し餌を食べるようになり、ほっとしました。やれやれです。

　それからリズはすっかり元気を回復し、食欲も出てきて、部屋の中を走り廻っています。しかし、おなかが大きくなった様子は全くありません。あの「つわり」は間違いではなかったのかと思えてきます。

　山岡さんに尋ねてみました。

「大丈夫。妊娠していると思うわ。顔付も少し変わったみたいだし。おなかが大きくなったのがはっきりするのは45日目ぐらいね」

45日目まではあと10日です。


姉のおなかの中で子供はもう随分大きくなって、動くのだそうです。内側から蹴られるような感じがするので、こんなに元気なのはきっと男の子だろうといっています。母も、もうそわそわしています。

「昔だったら実家に帰って来てお産をするのだけれどねぇ。今は病院だから」

それでもお産の時あれが要るのではないかとか、これはとか、自分の生まれるときにはそんなに心配したのでしょうか。


子犬が生まれることが確かになると、もうあとは無事に生まれるかどうかです。一度獣医さんに相談しておく方がよいという指示がありました。万一の時のことも考えてです。

あと4日でちょうど60日目です。獣医病院では超音波検査でモニターに胎児が写し出されました。頭蓋骨らしいものがぼんやり見えます。動いています。口を開けるような動作が見てとれます。

「2匹いるね」

先生がいわれましたが、智子にはぼんやりとしていて、よくわかりません。

「犬は子宮が二股になっているんだけど片側に2匹はいっていて、重なって見えるんだ。ほらここに2匹目の足があるでしょう」

目をこらして見ましたが、慣れていないのでよくわかりません。でも足のように突き出している影があります。

「片側からだから詰まることはないだろうな。きっと安産ですよ」

先生は自分で納得するようにいいました。智子は何かほっとしました。しかし、陣痛促進剤を使って子宮が破裂した話や産道が狭くて胎児が通り抜けられなかったことなどの話を思い出しました。心配ごとは次々と限りがありません。

姉の子供が生まれる予定日はリズの予定の日より3日後です。でも、どうなるのかわからないので、病院のことや、智子の義兄になる御主人の連絡の方法などを決めて臨戦態勢です。

「キャアン」

朝の4時頃です。しぼり出すような高い鳴き声が響きました。

智子は跳び起きました。リズのところへ行ってみると全身が痙攣しているのがわかります。

「大丈夫?」

陣痛が始まったのです。

「頑張るのよ。リズ」

自分も力がはいります。

少しおさまりました。

待っていても何も起こりません。30分以上も待ちました。しゃがんでいて膝が痛くなりました。立ち上がって膝を曲げたり伸ばしたりしました。何度目か繰り返した時、リズが足踏みをするような動作をしました。陰部から膜のようなものが風船状にふくらんで出ています。

陣痛がまた起こりました。間隔がだんだん縮まって3度目が起こった時、黒い小さなものが見えました。胎児の足が出たのです。

そして、もう一度全身の痙攣と一緒にするっと全身が出ました。臍《へそ》の緒とつながって、黒緑色の嚢状のものが汚れた液体と一緒に出ました。

どうしてよいのかわからないのでおろおろしましたが、母は流石に落ち着いています。子犬をタオルの上に取り上げました。臍《へそ》の緒はひとりでに切れていましたが、根元の方を糸でしばり、タオルで体を拭きました。子犬は大きく口を開けて空気を飲み込む動作をしました。新しい生命が誕生したのです。

1時間ばかりたって2匹目が生まれました。雄雌1匹ずつです。2匹揃ったところでリズと一緒にしました。誰も教えないのに乳首を探して吸いつこうとします。

一段落するともうお昼近くです。電話が鳴りました。母の話している様子で姉の子供が生まれたのがわかりました。女の子のようです。

第8話　誰も居ない海

太陽の中心が水平線にかかりはじめました。海面は黄金色に輝いています。その輝きの幅がだんだんと狭まっていきます。空は明るく光が映え、自然の大きさが胸一杯に満ちてきます。

波打際に近く、小さい黒い陰がわずかずつ動いています。はじめはほとんどじっとしているので、よくあるように砂の中に岩が出ているのかと思いました。そのうち動きだしたのです。足が光の中にはっきり見えて犬だということがわかります。

犬は海岸線に沿ってとぼとぼと歩いています。自分の家に帰るのでしょうか。

和恵は海岸から少し高くなっている防風用の松林の縁《へり》に座っています。弟の精二は古い松ぼっくりを拾っては砂浜に向かって投げています。夏休みも終わりで、もう2学期が始まっている学校もあります。つい数日前まではこの浜にも色とりどりのビーチパラソルが何本も立って華やかな感じでした。コーラやジュースを売っているテントもありました。それがもう浜辺には何も残っていません。別荘に来ていた人々もほとんど東京へ引き上げてしまったようで、海だけがだだっ広く見えるのです。

さっきとは別の犬が、今度は少し近くを、何かを探すように鼻を地面につけながら歩いて来ました。

「犬も海が好きなのかもしれないね」

と和恵は弟にいいましたが、何となく腑に落ちないところがありました。

もう太陽は完全に沈んでしまいましたが残照が太陽の沈んだ上の空を輝かせています。最初の犬はもう遠くへ行ってしまって黒い小さな点のようになっています。２匹目もそれよりは大きいのですがだんだん小さくなっていきます。

少し暗くなりました。和恵は弟と一緒にいつもの松林の中の小道を戻って来ました。松の木の間には葛の葉やリュウノヒゲ、シダなどが繁って地面を覆っています。その繁みが深くなったところを過ぎようとした時、がさりと音がしました。蛇が居るのかも知れない、どきっとした時、頭が見えました。犬の頭です。頭と耳が茶色のポインターのような顔立ちです。

（また犬か）

と和恵は思いました。

犬は顔を上げて和恵をじっとみました。頼りなげな眼です。うずくまっていた身体を起こし、半分立ち上がって和恵に近づこうとしました。温和そうな犬で少しよろめくように立ち上がると犬はそばへ来ました。そして鼻を和恵にすりつけるようにしました。飼い犬らしく、人によく慣れています。

頭をなでてやると嬉しそうです。

弟の精二も頭をなでてやっています。犬は和恵の膝のあたりをちょっと舐めました。

「おなかがすいてんだよ、きっと」

精二はポケットに入れていたクッキーの残りを取り出しました。犬はガツガツ食べました。見るとおなかもへこんでいます。


犬は和恵達について家まで来ました。そして、パンの残り物をもらいました。きちんと〝おすわり〟をして「食べなさい」というまで食べないのです。お母様も感心しました。しばらく縁側の前に居ましたが、その内どこかへ帰って行きました。

翌朝、門の扉の前にまたあの犬が座っていました。和恵が出て行くと、嬉しそうに寄ってきて尻尾を振り、手を舐めました。

「またおなかがすいているのかも知れない」

昨日の残り物を深目のお皿にいれてやりました。

犬は食べずにじっと見ています。

「食べていいのよ」

というと犬はそばに来て食べはじめました。

その日の夕方にもまた来て御飯を貰いました。そして縁側の前で和恵や弟と一緒に過ごしました。精二は勝手に〝ジョー〟と名を付けました。犬もわかったようです。

次の日の朝です。またジョーが来るのを楽しみに待っていましたが昼に近くなっても現れません。精二は何度も海に行く松林の道の方まで行ってみましたが姿が見えません。

和恵も気になって垣根の塀のところへ出てみました。

ちょうど雑貨屋の小母さんが自転車で通りかかりました。

「お暑うございます。学校はまだ」

小母さんは自転車を止めました。

和恵も挨拶をしてから犬のことを尋ねてみました。

「耳と頭が茶色のポインターみたいな犬なんですが」

「保健所の人が連れてったんやないかな」小母さんはそういってから意外なことをいいました。

「毎年夏休みに別荘に来ている人達が休みの間犬を飼っていて、東京へ帰る時その辺において帰っちまうんだ。だから夏休みの終わり頃には野良犬になって何匹もこのあたりをうろうろしているから、保健所から人が来て犬を集めて連れて行くのだ」

というのです。

「都会の人は非人情だからね。あ、あんたもそうだったのか」

小母さんは笑いながら自転車で行ってしまいました。

和恵はびっくりしました。あんなにおとなしくて利口な犬なら東京へ帰る時連れて行きたいと思っていたのです。

保健所に連れて行かれると、2、3日の間に引き取りに行かないと処分されてしまうのだというのです。

精二はその話をきくとすぐに保健所に行こう、といいだしました。

「ジョーが殺されちゃうなんてひどいよ。だから助けなくちゃ」

でも連れ帰っても自分達が飼ってやることはできないのです。自分達ももう明後日には東京へ帰るのです。だからお母様の同意がなければどうにもならないのです。二人で相談をして、とにかく話してみることにしたのです。

「そうねえ、でも犬を飼うのは大変なことよ。自分達で面倒を見るといっても二人共学校へ行った後はどうするの。それはお母様だってあの犬は気に入っているわ。でもねえ。動物を飼うのは責任の重いことだから簡単には決められないのよ。犬だって生命があるのだし。飼い初めはいいけれど……」

一日たちました。もう明日は和恵達も東京へ帰るのです。

和恵は弟とまた相談して、とにかく一度犬を連れてこよう。それでもう一度お母様に話をすれば何とかなるのではないか、ということにしました。

保健所は街はずれにあります。家から２ｋｍほど離れています。和恵と精二は自転車で行きました。途中で何匹かの犬に出会いました。夾竹桃の花が照りつける日射しの中で埃をかぶっています。


保健所で犬のことを尋ねました。

「犬は集めて来たよ」

と、係の人はいいました。あんた達の家の犬かといい、そうではないというと安心したように、

「でも、今朝依託業者が来て、みんな連れて行ったんだ。もう本当の迷い犬でないことはわかっているんで、何日も置いておけないんだよ」

「業者の人は犬をどうするのですか」

精二が聞きました。

「どうするのか私はわからないなあ」

その話はしたくないようでした。大人の世界の明るくない部分のようです。

保健所を出て、裏にまわって見ました。犬の抑留所があるかも知れないと思ったからです。金網のフェンスと生垣が二重になっていて、中がよく見えないようになっています。

その生垣の間からほんの少しですが四角い鉄柵のケージが見えました。中には何も居ません。


帰り道は途中から折れて海岸沿いに来ました。

「ジョーはどこに行ったんだろう」

「もう殺されちゃうのかな」

精二はいろいろいいます。和恵は黙って海を見ました。

太陽はもう大分低くなってきました。今までなかった雲がどこからかゆっくり動いてきました。光を遮られた部分が暗く、重そうな雲です。

「犬を飼う人の責任」

和恵は心の中で繰り返しました。そして、自分の中の正義感が揺さぶられたことと、何かに耐えなければならないことを漠然と感じました。

太陽の光が雲に隠れ、少し暗くなり風も出て来ました。

精二も黙って自転車を押して歩いていています。

第9話　羽子板市

これは話し上手の叔母から聞いた話ですが、私にはとてもあんなようにはできませんので、物語風に書きます。

十二月の中頃になると、浅草の観音様の境内で羽子板市があります。お正月の飾り物に使う立派な押し絵の羽子板が出店で、掛け声をかけて売られるのです。

この頃になると急に寒さがはっきりしてきて、夕方になると名物の空っ風と共に、しんから冷えてくるようです。

時々一かたまりに吹いてくる風の中を一人の老人が猫を背負って歩いています。背負ってといってても綿入れで作った袋をランドセルのように背負っているので、猫はその袋から首を出しています。

「こうっと、寒いっちゃねぇな。おい、たま、寒くねェか」

ひゅう、と風が吹き過ぎます。

「婆さんが生きてりゃあ、おまえなんざ家で留守番だ。なあ、こうやって羽子板市へ行こうってのも婆さんがいうから、いつも出て来たもんだ。最後に行ってからもう何年にもなるが」

老人はこの夏に連れ合いを癌でなくしたのです。

果物屋の軒先に下がっている裸電球がいやに明るく光り、リンゴの赤やミカンの黄色が輝いて、そこだけが明るく見えます。もう立ててある正月用の飾り笹の葉が風でザラザラと鳴ります。

「寒っちゃねえ。おまえは知らないだろうが婆さんは寒がりのくせに、観音様へ行くときだけぁ平気なのさ」

老人は首だけ半分まわして、また猫に話しかけました。

「このへんの風は、もうすぐ向こうの大川へ吹き抜けるもんだから、つめてえわ、威勢はいいわでたまったもんじゃねえ」

田原町の角を曲がると、急に人通りがふえますが、もう時間も遅いのでばらばらとした感じです。

「このあたりは天麩羅屋が多いんだ。わしは好きだが婆さんはお鮨がいいっていてきかねえ、たま、おまえもそうだろう」

雷門のすぐ横の交番はいつの間にか建てかえられ明るくなっています。

「雷門もきれいになったってえが、こんなに真赤に塗っちまって、千社札の一めえも貼ってねェたあどういうこった。もう観音様でもねェのかな。わしも長く生きすぎたのかも知れねェ」

老人はぶつぶついいながら仲見世を行きます。もう店も半分はシャッターを下ろして、とびとびに明るい店がありますが、どの店ももう仕舞い支度をしています。

風が来て落ち葉が、からからと小さな音を立てています。

仲見世がつきるところには「あげまんじゅう」があります。まだ店は開いていて、小さな紙袋に１個入れてもらってかじっている若い女の子もいます。

老人はちらっと見て、今時の娘は、といいかけましたが、そこでやめました。孫娘のことを想い出したのかも知れません。


宝蔵門の大きな赤提灯が見えます。小舟町と大きく墨書してあります。

「『あんな字はどうやって書くのでしょうね。何度も重ねて書くのだろう。重ね書きを提灯屋というぐらいだから』なんていいあったこともあったっけな」

羽子板市ももう店仕舞です。買い手も素見客《ひやかし》もほとんどなく、羽子板をかける横桟に風が鳴っています。積み上げた箱や縄が散らばり、人に踏まれて汚れた黄色い銀杏の葉もまじっています。

鉢巻に半纏姿の売り手が顔を上げて、

「おや、ヤスさんじゃないか。元気かい」

「お蔭さんでな。景気はどうだね」

「だめだめ、さっぱりだ。ところでかみさんは残念なことしたなあ」

「いやいや、今頃はお浄土でのんびりやってるだろうよ。今はこれだけだ」

と、体をひねるようにして猫を見せます。

「あは……、そりゃいい、せいぜい大事にしておやりよ」


お線香の煙を浴びるのはやめて、老人は段階をゆっくり登りました。観音様は1寸8分だってェが大きなお堂に入ってなさるもんだ。

冬は寒くないのかなといいながら御本尊に手を合わせました。

「ついでといっちゃなんだが、平内様もお参りしなくちゃなんないな」

老人は二天門に足を向けます。しかし目当のお堂は見当たりません。

「たしか平内様はこのあたりだったのだがな」

このあたりと思ったところは駐車場になっています。

案内図を頼りに捜し当てた平内様は宝蔵門の横にある小さい祠のようなものでした。

「何んてこった。なさけねェな。覚えているお堂はこんなもんじゃねェ。木造で少しぶっ毀れていたが大きいもんだった。何しろ平内様が住んでいなさったんだから。でも、わしのもんじゃねェからしかたがない」

　老人は手を合わせました。

「婆さんは器量良しだったから近所の男達がさわいでしょうがなかった。それでわしも気を病んだもんだった。そうだろう、たま。その婆さんが『観音様へ来たなら、やっぱり平内様のお参りしなくちゃ』っていうんだ。何が平内様か知らねェが、剣術使いがいつの間にか縁結びの神様ってんだからわかんねぇ。『おまえ平内様にお願いして、男でも作ろうっていうのかい』『いやですよ、こんなお婆さんになって。お礼参りですよ。そうしなくっちゃ平内様に叱られますよ』そんなことをいったっけがな」

　宝蔵門の脇を過ぎて、振り返ると五重の塔の黒い影が見えました。

　それで、病室のベッドで、

「平内様にお参りしましたね」

　っていったのが最後だったんだ。

　老人は一度猫をゆすり上げて仲見世の石の道を戻りました。店はもうみんなしまっています。

　鼻からつんとして涙が落ちそうになり、あわてて空を見上げました。すると、屋根がありました。

「いつの間にこんなものができやがったんだ」

よく見ると開閉式なのでしょう。ところどころ開いているところがあります。

「おかしな世の中になっちまったもんだ。雨の降る日にゃ傘をさすのがええんだが」

老人はいまいましそうに鼻を鳴らしました。

「たしかこのあたりだったが」

しばらくして老人は仲見世の切れ目から横丁をのぞいてみました。

「婆さんと一緒に鳥鍋を食べたうちがあったはずだが。古い門柱のある……」

しかし、派手なネオンや電飾の看板ばかりです。

「もう、何もかも変わってしまったんだ。婆さんも居ないし、雷おこしだって、あの昔の堅いやつじゃあない。うん、寒いったらねェな。そうだ雷門を出たら角の大衆バーで一杯やっていこう。何んとかブランてやつをな」


そう思うと少し元気が出ました。雷門の大提灯をくぐりました。

「やれやれ」

と思った時です。

突然、目の前の道路や建物がぐるりと回転して、次の瞬間世界が真白になりました。

時間がどのぐらい過ぎたのかわかりません。ほんの一瞬のことのようでもあるのですが、自分が両手と膝をついたこと、交番の方から人が駆けてくるのがわかりました。

話はここまでです。

「猫はどうなったのかしら」

と叔母に尋ねました。

「猫好きのおまわりさんがいてね、しばらく預ってくれることになったんですって」

第10話　学校のうさぎ

５年Ｂ組の吉野道子は目立たない子でした。黒眼勝ちでいつも何かをじっと考えているようでした。

成績は良いのですが、体育は苦手らしく跳び箱などは決して跳ばず、体育館の隅にじっと座っています。

でも何事にも面倒見がよく、掃除当番を代わったり、黙って花の鉢に水をやったりしているのを何度も見かけました。山形昌子にとっては２度目の担任のクラスですが、その中で良い性格の子だ、と思う生徒の一人です。

校舎の西側にうさぎ小屋があります。隣の小鳥舎は円柱形の金網の大形の籠です。今は小鳥は入っていません。盗まれてしまったのです。セキセイインコと文鳥が居たのですが、夏休みの終わり頃、朝餌をやりに来た生徒が扉が開けっ放しになっていて、小鳥が居なくなっているのを見付けました。でも、そんなことはこれまでに何度かあったそうです。勢い込んで警察に届けようという昌子に、髪が薄くなった教頭先生は「またか」というように手を振りながらどうしようもないのだ、という意味のことをブツブツといいました。

うさぎ小屋のことは「山形先生にお願いしますよ」ということで昌子に任されました。

生物学科の出身ならうさぎのこともわかるだろうと思われたのでしょう。でも大学ではショウジョウバエのＤＮＡの解析の研究をやっていたのです。

うさぎは４匹居ました。鳥と同じようにうさぎは４羽と数えるのですが、それはよいことではない、と思っていました。聞いたところでは、昔佛教では四つ足の肉を食べることを禁止されていたが、うさぎは鳥なみに考えて食べることにしたのでそのように数えるのだということで、あまり根拠のないことだからです。

白いうさぎが３匹と、黒っぽい色のうさぎが１匹います。大学で実験に使った残りを貰って来たものだそうです。世話は生徒が３人ずつの班を作って交代ですることにしました。もう１年以上も続いています。

「うさぎは水をやってはいけないのですか」

「うさぎは散歩させなくても良いのですか」

というような素朴な質問があって困ることもよくあります。

でも本当に調べてみると何もわかっていないようで〝そんなことが〟、と驚くほどです。

吉野道子の班の他の２人は卓球の選手なので練習に追われて、いつも、

「お願いね」

ということで、道子一人が世話をしているようでした。そればかりでなく、他の班の子供達にも道子はうさぎが好きだから、といって世話を押しつけられていました。

動物愛護団体の中年の女性が二人たずねて来ました。学校で飼っている動物が虐待されているというのです。

「こちらの学校ではどのように思っていられるのか知りませんが、動物を飼うということは片手間にはできないことです。ただ置いておくのは駄目です。絶えず健康や行動に気を配って、よりよい清潔な環境で飼育しなければなりません」

責任者ということで応接に出た昌子に対して、いいたいことだけいうとさっさと帰って行きました。

動物を大切にするのは団体ではできないことのように思います。

「あなた方は動物を虐待しています」

というのはどういうことなのでしょう。みんな一生懸命世話をしていますし、とても可愛がっています。衛生的な環境というのもわかりません。塵一つ落ちていないところで動物を飼えというのでしょうか。そして何よりもわからないのは〝動物愛護〟という言葉です。動物を「愛護する」なんて、どのようにしたらよいのかとしばらく考え込みました。そのような言葉よりも好きかどうかが最も大切なことだと昌子は思っています。

生徒達はとてもよくうさぎの面倒を見ます。でも班分けが決められて初めのうちは良かったのですが、だんだんあきてきて怠けるようになります。吉野道子は熱心で、怠けて面倒を見る人が居ない時は、一人で掃除をして、うさぎが居心地が良いように藁をまとめて入れたり、風が吹き込まないように小屋の周りをポリエチレンのシートで囲ったりしていました。

木枯らしが吹きはじめた頃、鳥小屋の方から風が吹き込むので、何かの輸送に使った廃材をゴミ棄て場から拾って来て、小鳥舎とうさぎ小屋の間に柵を作りました。用務員の小父さんに手伝ってもらったようです。少し体裁は悪いのですがそのあたりはとても暖かくなりました。

学校の動物小屋に入り込んでうさぎや鳥を殺したとか、その中に犬を放して咬み殺させた、という記事が続けて新聞に出て職員室で話題になりました。そして学校で動物を飼うことの是非が愛護団体の人達で論じられ、実際役に立っているかどうかわからないのだから、いっそ廃止してはどうか、という意見が主張されています。

教頭先生は、

「そういう変質者はいつの世にも居るものだ。それをいちいち取り上げてどうこういうのは間違いだ」

と、いつになく強い意見です。実際、だれも面倒を見なくなった動物に義理で餌を投げ込んでいるだけで放置してある学校もあるということですし、うさぎが子供を産んで数が増えてもてあましているという話も聞きますが、うちの学校では生徒が野菜を持ち寄ったりしてうまく行っているので、今のところ問題が起きていません。

「山形先生」

職員室の入口で生徒が二人立っています。

「クロチャンが餌を食べないんです」

「今日の当番は君たち？」

二人はうなずきました。

「下痢してる？」

「いいえ」

「後で見に行くから」

午後の授業の休み時間にうさぎ小屋に行ってみると、生徒が一人しゃがんで黒っぽいうさぎを抱いています。

吉野道子です。

「どうなの？」

と尋ねてみると、気がついて頭を上げました。

「抱いていたら暖かくなったらしくて、少し食べた」

うさぎは口をもぐもぐさせています。

「でももう授業が始まるのよ。早く教室へ戻りなさい」

どうやら大丈夫そうで、受け取ったうさぎは小屋の中に戻しました。


その日の夕方、もう帰ろうかと後片付けをしている時です。電話が鳴りました。

「5年B組の吉野道子の母親でございますが、道子がまだ戻らないので」

心配そうですが、てきぱきしたいい方です。その時すぐうさぎのことが思い浮かびました。心当たりがあることを伝え、捜してくるといって電話を切りました。もう6時半をまわっています。

まだ残っていた同僚が、

「何かあるのか」

と聞きましたが、

「大したことない」

といってうさぎ小屋に行きました。

空気はもう随分冷たくなっています。生徒がひとりうさぎ小屋の前に座っています。やっぱり吉野道子です。うさぎを抱いています。

昌子を見るとうさぎをおろして、

「もっと元気になった」

といいました。晴れ晴れした顔です。


二人で並んで校門を出ました。

それまであまり話したことはなかったのですが、道子は母親が公務員で霞が関の役所に通っていること、自分が学校に出かける頃には母親はもう出勤していて自分独りで朝食を食べて、家に鍵をかけて出てくるのだということを少しずつ話しました。

しばらく話が途切れました。

風が芯から冷たく、本当に冬がやって来たのが実感されます。

道子がぽつりといいました。

「うさぎ、あったかいね」


正面に星が一つ明るく光っています。

第11話　渡り鳥が来る日

真赤な夕陽が沈んで行きます。もう低い建物の陰からわずかに上端がのぞいているだけですが、目を射るような光が窓を照らしています。

春江はその窓からじっと太陽を見ています。まぶしい光がだんだん細くなって行きます。太陽が全部建物の陰に入りました。でもまだ地上にあります。残照が空に映え影のない明るさを作っています。その明るさも次第に光を失って行き、急に黒味を帯びて来ます。本当に太陽が沈んだのでしょう。渡り鳥の群れが北西の方角から現れて来るのはそんな時間です。12月の最初の3日間の内で、日没から10分ほどの間です。それはもう判で押したように決まっています。

その時期になると亡くなった父は毎年、

「もう来る頃だが」

といって、この窓のところで待っていました。

曇っている年もありますが、そんな時には鳥達は低く飛んで屋根の上を越えて行きます。

そして鳥達が渡って行くのを見ると、

「みんな元気だな」

といって、とても満足そうでした。


そんな父が脳出血で倒れたのは4月の初めでした。まだ50歳の半ばだったのですが、出血量が多く、意識が戻ったのは2カ月もたってからで病院暮らしをして、家に帰って来たのはもう秋風が立つ頃でした。少しずつ動作は良くなってきましたがそれでも外へ出ることはできません。

「渡り鳥が来る頃には外へ散歩にも行かれるのだが」

いつもそういいながら歩行器につかまって歩く練習をしていました。


春江に結婚の話がありました。相手は勤めをやめる前の会社の上司に当たる人で、奥さんを早くに亡くして独りで居たのです。小学生の男の子が一人居て、寄宿舎に入っているということでした。

人を介してその話があった時、自分は相手のことを異性として見たことがなかったことに気が付きました。仕事は有能だということですが普段はあまり目立たず、事務所の誰とも親し気な口をきくこともありませんでした。

何かのパーティーの時、同僚の一人が、

「課長は結婚されないのですか」

と尋ねると、

「そうだねぇ。それは一緒にやって行ってもいい、という人が見付かった時のことだ」

というようなことをいって、話に乗ってこなかったことを覚えています。でも年頃の女子社員には結構人気があるようでした。


父が2度目の発作で亡くなったのは銀杏の葉が色づき始めた頃でした。渡り鳥が、といい続けていたその時まで生きることができなかったのです。

こまごまとした葬儀や手続きのことが済んで、手伝いに来ていた伯母たちも引き上げて春江は独り残りました。もう12月になります。

父の代わりに渡り鳥を見ようと思いました。いつも父がそうしていたように西向きの窓のところへ古ぼけた籐椅子を持ち出して座り、北西の窓を見ました。

もう渡りがあっても良い日ですが、1羽の鳥も見えません。そのあたりの雲が明るく光って見えるだけです。

「明日か明後日になるかも知れない」

そんな風に思っても胸さわぎがして落ちつきません。

もし来なかったら、それは父の意志かも知れない。自分が結婚することを父が望んでいないのかも知れない。

そんな風に思ってみました。すると今迄それほどにも考えてみなかった渡り鳥が渡ってくるのが自分の運命の鍵を握ってくるような気がしてきました。


春江は自分の意志が結婚する方向に傾いているのを知っていました。相手の山岡という課長に会った時、それ以前から自分が相手に対して好感を持っていたことがわかりました。

「お父様の病気が良くなったら話してみてもらえないか。決して急いでいないから」

といわれ、そのようにしますと答えた時、それは承諾の意志表示と受けとられたのかも知れないと思いました。

でも、自分の理想の相手とは大分ちがっていること、年齢も親子ほどとはいわないまでも随分離れていること、などすぐに踏み切れない気持ちでした。そして、何よりも相手がどういう人なのか全くわからないのです。


そんなことを、リハビリをしている父に他人の話のようにして話してみたことがあります。

父は、

「どんなに話し合っても、どんなに親しく付き合っても、自分以外の人のことはわからないものだ。誰でも自分の都合がいいように物事を解釈するからだ」

といって何かを考えているようでした。

そして、

「かあさんは、渡り鳥が来る方から来た人だった」

といい、それ以上の説明はしませんでした。


渡り鳥は来ませんでした。

予定の日を1週間も過ぎた頃に2羽、そして、後から1羽が飛来するのが見えました。

心なしか羽ばたく姿も疲れて重そうでした。

北の営巣地から何千キロも飛んで来るのです。その間には悪天候も、外敵もそして、近年ではとくに被害が大きい農薬などによる健康障害もあるといわれます。それを超えて、渡りをするにはどのような理由によるものなのでしょう。


自分はこのままでいい。

結婚しないで独りで暮らしていく、と何度も想いました。

しかし、気が付いてみるといつの間にか部屋を飾ったり、朝食の仕度をしたりしている自分を想像しているのです。

父の看護のために中断していた仕事もまた始めなければなりません。自分は家庭を持つことなどずっと以前にあきらめているのだ、と思いました。きっと父もそれを望んでいたのでしょう。

渡り鳥が来なかったのはその父の意志を示しているものなのだ、と思うと心も軽くなりました。

1月も終わり頃になって雪が降りました。東京では水っぽい雪ですが、それでも一晩で10㎝ほども積もって、明くる朝はまぶしい光が家中を明るくしました。

そんな朝、山岡から電話があって、

「急にロンドン勤務を命じられて1年間向こうに行っている。来年の正月には帰るから、その時良い返事を聞かせてもらいたい」

ということでした。

父を失った春江に今すぐどうという返事を求めないところが出来上がった大人を感じさせました。

春江には日常が戻りました。自分が決めなければならないことは時間の余裕があるだけ伸ばす習慣が、多くの人々と同じようについていました。

何度考えても同じことです。亡くなる前に父の意見を聞いておけば良かったと繰り返し思いました。

もし今年も鳥達が来なければ、それは父の意志であり、自分の意志でもあるので、この縁談はなかったことにしよう。


12月のその日になりました。北西に傾いた窓の前に座って鳥達が渡って来るのを待ちました。しかし、何の音沙汰もありません。

次の日も同じです。鳥が2羽前を横切って行ったばかりです。春江は自分がとても落胆しているのに気が付きました。自分では決められなかったことでも、そうしたいという気持ちがあるのでしょう。

もう1日あると思っていたらその日になりました。今日来なければ、と気が気ではありません。

しかし、その時間を過ぎても渡り鳥は姿を見せません。春江は放心したように床に座り込みました。

しばらくそのままで居ましたが、気が付くと寒さが染み込んでくるようです。シャッターを下げようとよろよろと立ち上がりました。

何の気なしにもう一度遠くの空に目をやると、黒い点の集まりがこっちに向かってくるのが見えます。もういつも渡ってくる時間から1時間もたっています。鳥達は近づくにつれ僅かに残っている薄明かりの中で、一列に並んでいるのがわかりました。一方の端がかぎの手のように折れまがっていますが、12、13羽が1組になり、3組の鳥が空を翔けているのです。

「お父さん、渡り鳥が来たのよ」

鳥達はちょうど遠くの波が寄せてくるようにだんだん近づいて来ます。

第12話　犬の癌

明るい陽射しが樹々の葉を輝かせています。なかでも、それまでは黒っぽく重苦しそうだった楠の葉も、明るい緑と茶っぽい色がまじってきらきらしています。

「何て明るい」

杏子は一瞬思いましたが、それどころではありません。篭の中に入っているレミを動物病院へ連れて行くところです。

午後から手術をする予約があるのです。

重たいので篭を地面に下ろしました。蓋をちょっと開けてみるとレミは嬉しがって外へ出ようとしています。

「あなた大丈夫なの、これから手術をするのよ」

そういってやっても甘えようと舌をペロペロ出しています。

「やんなっちゃうな、本当に馬鹿なんだから。こんなにひとが心配しているのに何もわかってないんだ」

篭の蓋を閉めてまた歩き出しました。

杏子は犬の癌があることを初めて知りました。動物の病気は人間とはちがっていると思っていたのです。でもよく考えてみると、犬も人間も動物としてみれば同じものです。同じことがあっても何の不思議もありません。

マルチーズのレミに癌ができたらしいのです。左の一番上の乳首の横にぽっくりと〝できもの〟ができました。少し押してみても痛がりはしません。

母親に見てもらうと、

「何かしらね。化膿したのかしら」

触ってみていましたが、

「乳癌かも知れない。お医者さんに診てもらった方がいいわね」

それで動物病院へ連れて行くことになったのです。

見たところは何でもなさそうですが気にして時々首を折り曲げるようにして舐めています。痛いのではなさそうですが、痒いのでしょう。こんなことが続くと本当に悪くなるかも知れません。

動物病院の若い先生はちょっと診ただけで、

「ああ、これは取った方がいいですね。簡単ですよ」

いかにも安心させるようななんでもなさそうないい方です。それでも手術ということで

承諾書にサインが必要です。携帯電話で母に相談すると、

「しなければならないことは、しなければならないのよ」

と難しいことをいいました。

「明日来れますか、午後の時間に来てくださいね」

受付の、ちょうど杏子ぐらいの明るい感じの看護士さんが予約票を書いてくれました。

「手術すると赤い血がだらだら出るんだぞ。麻酔が覚めないことだってあるんだ」何となく感じていた不安が弟にいわれて急に大きくなりました。でももう決心したことなので行くしかありません。

不安を抱えながら歩いているともう病院の前です。どうしようかと躊躇していると、中から扉が開きました。

看護士さんはやさしくレミの頭をなでて
「よく来たね」

といいましたが、杏子にとってはよく来たなんてものじゃありません。

看護士さんはそんな気も知らずにさっさとレミを診察台に上げました。体重を量るのです。台の上に乗せると体重が表示される仕組みになっています。

手術室は診察室の奥です。待合室から二重の硝子越しに中が見えます。はっきりはしませんが緑色の布がかけられています。その下にレミが居るのでしょう。

獣医の先生はやはり緑色の帽子にマスクをかけ、手袋をはめた手を上にあげ、空中に止めています。看護士さんも首から上しか見えませんが、同じような服装です。何か合図があって看護士さんが手を伸ばしました。光るものを手渡しました。

先生は迷うことなく、さっさと手を動かしています。杏子は伸び上がって手術室の中を見ました。メス、ピンセット、ハサミのような形の器具が次々と手渡されます。いいところだと思うと陰になって全然見えません。先生の手首が何度か曲げられるように動きました。傷口を縫い合わせているようです。

手術はほんの短い時間でした。助手の看護士さんは手術用の布をはずしたり、何かを片付けたりして動きまわっています。

先生はマスクをはずして、楕円形のステンレスのお皿を持って手術室から診察室へ出て来て杏子を手招きました。そしてお皿の中の血だらけの塊を見せ、

「中は思ったより大きいものでした。大したことないと思うけど悪性だといけないから検査に出しましょう」

杏子はうなずきました。検査してもらうように母からいわれていたのです。

でも、よくわからないので思い切って尋ねました。

「悪性って何ですか」

先生はちょっとびっくりしたようでしたが、手術後の緊張も弛んだようで、落ち着いて説明してくれました。

このように癌のようなものができたとき、重要なのは良性か悪性かということで、良性ならば切除してしまえばそれでもう良い。

悪性だった場合、それは転移といって別の場所に支店のようなものを作ってそこで増殖したり、浸潤といって、最初にできたところの周囲へちょうど水が染み込むように広がって行くのだ、というのです。

悪性だったらどうしたら良いのですかと尋ねると先生は、

「拡大手術といって、近くのリンパ節を含めてなるべく大きく切除する手術をもう一度しなければならない場合があるんです。悪性の内容にもよりますが」

しばらく待って麻酔から覚めたレミを入れた篭を持って外へ出ました。良性か悪性か結果がわかるのは10日間ぐらいかかるということでした。帰りの途々もし悪性だったらどうしよう。母の話では全身に広がるものもあるということで不安がいっぱいです。

癌に関係した本を読んでみると、専門的なことはわかりませんが、外科手術で切除する以外にはほとんど治療法がないらしいのです。

犬の癌のことが出ている本はほとんどありません。人の癌では、乳房の下のほうに小さなしこりができたのに気が付いたが何でもないだろうと思って放っておいて、3か月後に病院に行ったところ、もう手遅れで半年後に亡くなった話や、乳癌の手術で大きく胸を切り取ったところ、乳癌が広がるのは一応くい止められたものの、性格がすっかり変わってしまって誰とも口をきかなくなってしまった人のことなど恐ろしいことが書かれています。

レミは犬だから口をきかなくなることはないとしても、へんな犬になってしまったらどうしようか、とか、全身に転移して苦しがって鳴き叫んだらどうしようなどと思うと毎日が重苦しい気分です。

母親に心配だ心配だといっても、

「大丈夫よ。大したことはないんじゃない」

などと他人事のようにいうのです。

(でもあの人は何も知らないからあんな平気なことをいっていられるのだ)

と杏子は思いました。

本当は、こういうことは何も知らない方が良いのかも知れない。癌の患者さんに、「あなたは癌です」という癌の告知はした方が良い、と思っていました。それが正しいことだと信じていましたが、こうなってみると、もしかしたら告知はしない方が良いかも知れない。何も知らないで、もうじき治るかも知れない、と思って生きる方が本人にとって幸せかも知れないという気がしてきました。

10日ほどたって電話が鳴る度に動物病院からの知らせではないか、悪い知らせではないかと気が気ではありません。一週間目に抜糸に行った時にも結果は未だですといわれました。

手術から12日目の朝です。とうとう動物病院から電話がありました。看護士さんの声で「良性腫瘍でなんでもないものだそうです。よかったですね」

受話器を置くと杏子は座り込みました。レミは寄って来て手を舐めます。

「良かったね、本当に」

頭を撫でてやりましたがレミはきょとんとしています。でも撫でられたのが嬉しいのか尻尾を振って愛想を振りまいています。

「やっぱり何もわかっていないんだ」

第13話　文明人の猫

そのお武士《さむらい》が入って来たのはもう夕餉の仕度がはじまる頃でした。室内に誰か居るかを乞う声に妙《たえ》が出てみると玄関に黒い影が立っています。風変わりなのは長い刀を差しているのに猫を抱いているのです。小さな猫で、悲し気な鳴き声を出し続けていました。

「足が折れているらしいのじゃ、あっ、平岡といいます。ここで学問をしようと思って来ました。先生のお許しも得とります」

筋骨のしっかりしたいかつい体付きですが朴訥な感じで、妙は軽い好意を持ちました。


この芝新銭座の学塾はもともと大名の下屋敷で奥座敷を教場に使っています。前庭の脇の方に俄か作りの宿舎があって塾生が寝起きしています。

平岡さんは、宿舎の一室の床にいつもころがって、天井を眺めています。猫もいつもすぐそばに丸くなって寝ています。何を考えているかわかりませんが、いつか妙に、

「自分は文明人になるために三河の山の中から出て来たのだ。文明人は人間はもちろん、生きとし生けるもの総てに愛情を持たなければならない。足が折れた猫を拾って来たのは

その一つの表現なのだ」

と威張っていったことがあります。

「でもねぇ、あんなに寝てばかりいて文明人になれるのかねぇ。少しはエゲレスの本でも読んだらいいのに」

炊事の小母さんは江戸児《えどっこ》が自慢ですからいうことははっきりしています。


官軍が箱根を越えて来たとか、江戸城が乗っとられたとか風評が立って街中が今にも戦争がはじまるのかということでそわそわしています。時々風に乗って鉄砲の音がポンポン聴こえます。妙も小母さんも気が気ではありませんが、先生は肝《きも》の太い方で、

「なーに、戦争は二里も向こうのことだ。ここまで攻めて来やしません」

と平気の平座で、授業のお休みはありません。


塾にはいろいろな人が居ます。どこで何をして来たのか顔中傷だらけで薬を貼っている人や、骨が折れた腕をいつもふところへ入れている人も居ます。あれは京都の戦《いくさ》で幕軍だった人だとか、見廻り組から脱走した人らしいとか、小母さんはどこで仕入れてくるのか、いろんな情報を妙に教えてくれます。でもみんな温和《おとな》しい人たちで、ちょっと前まで白鉢巻きで戦争をしていたとはとても思えません。

その日は朝から煙るような雨が降っていました。今迄とはちがって激しい鉄砲のような音や、時々、ずしんというような大きな音が聞こえてきます。きっと大砲の音なのでしょう。小母さんは逃げ支度で、何かあったら、多摩川に在の親戚へ行くのだと荷物を大風呂敷に包んでいます。

玄関で何か大声でいい合う声がするので妙は出ていってみました。

「おぬし、どうしても行くのか。先生は何といわれたか。『もう刀や鉄砲の時代ではない。学問をして、文明を起こさなければ日本の明日はない。藩とか主君とかいうのは棄て、日本人として生きなければならない』といわれたのではないか」

いっているのは幕臣だったという小柄な若者です。

「わかっている」

平岡さんは、たすきがけで、刀を横におき、座り込んでわらじの紐を結んでいます。

「わかっているって何をわかっているのだ」

「おれは武士だ。日本人である前に武士なのだ。主君の恩顧を忘れるようなものは武士ではない」

わかり切ったことをいうな、という調子です。

「文明人はどうなったのだ。将軍《だんな》がどうなったって文明には関係ないではないか」

「主君の主君が将軍なのだ。主君が辱められれば、臣死すとは昔から決まっていることだ。今さら変えられるか」

　平岡さんは立ち上がると刀をわし掴みにして足を踏み鳴らして出て行きました。が、門の松の木のところから引き返して来て、

「妙さん、猫を頼む」

　と片手で拝むようにして、今度は本当に出て行きました。


　その日の戦は大きくなったらしく、鉄砲や大砲の音は昼近くなるとだんだん激しくなって来ました。

　学問、学問と叫んでいた連中もさすがにじっとしていられなくなったらしく、梯子をかけて宿舎の屋根に登って煙の上がる方を見ています。

　情報が伝わってくる手段がないので何が起こっているのか全くわかりません。

　表通りを走って行く人が、

「上野の方で大変な戦になっているぞ」

　と叫んでいるのが聞こえました。

　妙も梯子につかまって屋根のところまで行きましたが、瓦が雨ですべるのでこわくて屋根へ上がれません。先に上がった人に手を引っ張ってもらって屋根に乗りました。

「妙ちゃん、降りておいで。娘がそんなお転婆《てんば》なこと」

小母さんが下から怒鳴っています。

その時です。きっと上野の方なのでしょう。腹の下に響くような音と共に黒い煙がもくもくと立ち昇って来ました。黒い大入道のような形に煙は大きくなって、何だかこっちへ向かって近づいて来るようです。

それからひとしきり鉄砲や大砲の音がしましたが、急に音がしなくなりました。平岡さんはどうしたのだろうかと、妙は突然思いました。


その夜、もう戸締まりをしようと妙が立ち上がった時、勝手口に誰か来たようです。こわいので、戸を細く開けて覗いてみると、地面に膝をついている人が居ます。

「中へ入れてくれ。追われているらしい」平岡さんの声です。

急いで戸を開け、小母さんと二人で泥だらけの平岡さんを土間に引きずり込みました。

足をどうかしたらしく立ち上がることもできません。

鉄砲玉に当たったのか、と尋ねても首を横に振るだけです。何人かの寄宿生も出てきてじろじろ見ていますが誰も何もいいません。

小母さんが熱いお湯を持ってきて平岡さんに飲ませました。

突然、平岡さんが口を開きました。

「みんな聞いてくれ。おれは将軍のお伴をして水戸へ行こうと思った。だが、上野まで行くと戦争が始まった。そこで連中と一緒に錦切《きんぎ》れのやつらと戦おうとしたのだ」

そこで一息入れて、

「ところが連中は口ばかりの逃げ腰で、無頼漢《ごろつき》みたいなやつばかりだ。軍陣の血祭りだなどといって、通りかかった猫の首を刀で切り落としたやつまでいる。生き物を大事にしないやつは人間ではない。まして文明人などとはほど遠いしろものだ。その上腰抜けで敵が来るとすぐに皆逃げてしまった。そこでおれは一人でも戦おうと引き返す途中で水溜まりで見えなかった溝に踏み込んで足を挫いてしまった」

それから官軍のやつらに見付からないように墓地にかくれていて、暗くなるのを待ってこうして戻って来た、というのです。

話を聞くと、どうも戦争は一度もしなかったようです。武勇伝を期待した人たちは馬鹿らしそうに引き上げて行きました。

平岡さんはそれからしばらく歩けないままに、前と同じように毎日部屋でごろごろしていました。

一週間ばかりたった晴れた朝です。妙と小母さんが台所で働いているところへ平岡さんが木の杖をついて、のっそりと入って来ました。ふところには猫を入れています。旅支度をしているようです。

「世話になりました。故郷《くに》に帰ります」

「あれ、あんたここで学問して文明人になるんじゃなかったの」

小母さんは少し冷やかすようにいいました。

「いや、文明人になるつもりは変わりません。でもその前に武士をやめるのです。故郷《くに》に帰って先祖の墓にそのことを報告して許しを得て、また戻って来ます」

平岡さんはいつになく神妙に頭を下げました。そして猫を連れて杖をついて出ていきました。

第14話　クジラの聲《こえ》

山県《やまがた》のじいさんはクジラと話ができるらしいという話を聞きました。

その話をしたのは漁業組合の荒井さんです。彼が月夜に夜釣りに出たところ、通称〝松が浜〟と呼んでいる浜の波打ち際に人の黒い影がありました。

不思議に思い、また少しこわくもあったので、そっと後ろの窪地の方からようすをうかがっていると、波が消えかかるあたりで大きな魚がバタバタしています。

どうも喜んでいるらしいのです。

黒い影は背格好からみて山県のじいさんのようでした。

黒い影は魚の方に近寄って行きました。そして何か話をしているようでした。

荒井さんは見付からないように砂の上に腹ばいになって近づいて行きました。

魚はキィーッとか、あるいはヒィーッというような声を出しています。その声はイルカとかクジラの声ではないかと思いました。

しばらくして魚は身を翻すようにして波の間に消えて行きました。黒い影も立ち上ってちょっとの間、魚が消えて行った方を見てましたが、振り返って歩き出しました。

荒井さんは窪んだ砂に身を伏せて見付からないようにじっとしていました。

私はその頃、高校の生物の教師をしていて、海辺の生物、貝などの標本を集めていて、漁協の荒井さんにも協力してもらっていました。そんな関係で荒井さんに時々会っていました。それで彼の口からその話を聞いたのです。

「でも先生のほかは誰にもいわねェ。いうと見物人が押しかけて、何もかもぶちこわしてしまうからね」

と、荒井さんは組合長らしく慎重に誰も居ないところを見はからって小声でいいました。

この新潟の海岸にも時おりクジラが漂着するという話があって、日本海でのクジラについて関心をもっていたので、私はその話に興味をもちました。

是非その現場を見たいと思い、話を聞いた夜、すぐに松が浜へ行ってみました。誰も居ません。海は凪いでいて中ぐらいの波が思い出したように打ち寄せています。

この海の中にクジラが居るのだと思うと胸が熱くなりました。

でも何も見えません。どうしたらいいのだろう。直接山県のじいさんに尋ねてみようかと考えましたが、頑固そうなじいさんで、「そんなこと私は知らない」といわれたらそれっきりだと思って待つことにしました。

三晩通ってみましたが、何も起こりません。そういえば荒井さんが見たのは満月の夜だったのを思いだし、それで満月の晩に来てみようと決めました。

満月の夜はもう月の出の前から松が浜に行って、大きな黒松の根元に隠れて座っていました。少し風がある晩でした。

月がかなり高くなった頃、一人の老人が土手の間の道に出て来ました。かなり元気な足取りで一直線に波打ち際まで歩いて行きました。そして足が波にひたるあたりで足を少し開き、手をメガホンのように口に当てて、

「…………」

と大声で叫びました。

何と言っているのか風と波の音で聞き取れません。

今度は終わりの方がわずかにわかりました。

「……ちろーう」

私はそれが山県のじいさんの末っ子の名前であることに気がつきました。

保一郎というのです。

その末っ子は半年ほど前に漁に出たままで帰らないのです。

朝鮮かロシアの潜水艦に撃ち沈められてしまったのだとか、拿捕《だほ》されて連行されてしま

ったのだという噂ばかりで、何の音沙汰もないままに過ぎていたのです。

じいさんが何度か末っ子の名前を呼んで、じっと待っているようでした。するとと寄せる波に乗って大きな魚のようなものが近づいて来ました。浅いところに来ると身体が底の砂地に着いたのでしょう。鰭《ひれ》をあおって半分立ち上がるような素振りを見せました。キィーッという声も聞こえました。

松の根元から出てそっと近付いて行くと、月の光で姿がはっきりと見えました。クチバシがあってイルカのようですが、イルカよりはるかに大きく、クジラだと思いました。腹側が月の光で銀色に光り、よくは見えないのですが背中は黒っぽいようでした。山県のじいさんは何か話しかけたり、クチバシをつかんだり、頸に抱きつくようにして頭をなでたりして、しばらく遊んでいました。

本当のところはわかりませんが、クジラもとても喜んでいるようで、二人というか一人と一頭との間には第三者が入って行く余地は無さそうでした。

20分ほどそんなことをしていながらクジラは波に身体を沈め、水しぶきを上げると大きく反転して波の中に入って行きました。

山県のじいさんはしばらく見送るようにじっとしていましたが、振り向くとこちらに向かって歩き出しました。

私はすっかり感心して見とれていたので、そのまま山県のじいさんと向かい合ってしまうようになりました。

山県のじいさんは少しビックリしたようですが、怒ったようすもなく、

「御覧になったのですね、とても可愛いものでしょう」

といいました。胸や腰のあたりはべっとりと海水で濡れています。

連れ立って歩きながら、クジラに出会った話をしました。

「息子が居なくなった満月の晩でした。こんな明るい夜に息子はどこに居るのだろう。と思って海岸に出ました。波の来るところまで行って、大声で息子の名前を呼びました。すると、波の間からあいつが出て来たんです。そこで『お前うちの息子を知らないか』って聞いたのです。するとあいつは話しかけてもらって嬉しいらしく、そばへ寄ってくるじゃありませんか。きっと私を慰めに来てくれたのだと思いました」

私がクジラをもっとよく見たいというと、

「いいですよ。今度の満月の晩に一緒にあいつを呼びに来ましょう」

といいました。

高校の図書館で調べてみると、日本海で確認されているクジラ類は18属22種でほとんど

海岸に打ち上げられたものでした。

このうち新潟県ではオオギハクジラ、イチョウハクジラを合わせて最も多数で、この2種のクジラはほとんど識別できないほどよく似ていることがわかりました。クチバシがあり、体長5m前後であることなどから、松が浜で見たクジラはこのイチョウハクジラらしいと考えました。


次の満月の晩、私は山県のじいさんと浜へ出る坂の角で待ち合わせて海岸へ出ました。雲が多く、月は雲へ入ったり出たりしていましたが、

「こんな晩が良いのですよ」

とじいさんはいいながら、空を見上げて砂浜を歩いていきました。

クジラがこわがるといけないと思い、私は少し後ろの砂のところに低い姿勢で座りました。

山県のじいさんは波打ち際に立ち、口に手を当てて大声で呼びました。

「やすいちろーう」

「やすいちろーう」

そして、じっと耳をすましました。

しばらく待っても何も起こりません。

もう一度大声で呼びました。

「やーすいちろーう」

ただ波が寄せてくるばかりです。

「……」

繰り返し呼んでみましたがクジラは現れませんでした。

じいさんは振り返ると私を手招きしました。

「クジラは来ないようですね」

「ああ、もう来なくなるんでしょう、きっと。でも、いいんです。……末っ子が戻ってくるっていう知らせが昨日ありました。なんでもひどい怪我をしてロシアの病院に入っていたそうです」

それは良かったと私も思いました。

「でもクジラはどうして来なくなるんでしょう」

「それは、わしの呼ぶ声に心がこもっていないのが、きっとクジラにはわかったんですよ」

第15話　動物病院に棄てられた猫

朝、玄関の扉をあけるのは度胸がいると院長先生が口ぐせのようにいわれます。

玄関の前に棄て猫が置いてあることがあるからだそうです。

「昨年など、一週間に3回も置いてあったんだ。困ってしまったよ」

「どうしたんですか」

春枝が尋ねると、

「待合室に貼り紙をしたりして貰ってくれる人を探すんだが、ここへ来る人はもう飼っている人ばかりでね」

それでも結局は何とかなったようです。

でも、よその動物病院に貰ってもらったりして随分苦労したということでした。


「ここは場所も構造もよくないのだ」

というのは若先生の説です。

「表通りで見通しが良いところなら誰か見ているようでなかなか棄てにくいけれど、そこへもってきてここは玄関のところが少し奥まっていて、ここへ置いてくださいっていっているようなもんだ」

　確かにその通りだと思います。棄て猫を見かけるのは、この病院は別としても、大抵柱の蔭や物置などの横の、すぐには見えない場所だからです。

　玄関の周りの掃除は看護士の仕事です。春枝は雨の降らない日は毎日朝一番に玄関の扉をあけ、掃除をしますが、就職して2カ月以上たった今迄、未だ棄ててある猫に出会っていません。先生や若先生があんなにいわれるのは大袈裟ではないかと思えてきます。

　しかし、とうとうその日が来ました。朝、何の気なしにいつものように扉を開けると小さなダンボール箱があって、閉めてありますが、中からか弱いニャーという声が聞こえるのです。

　春枝は急いで若先生のところへ行きました。

「何、また棄て猫。ここは動物病院で猫棄て場じゃないんだ。何を間違えてるんだろう」

　若先生は珈琲を飲む手を休めずにぶつぶついっています。

「どうしますか」

「どうしますかって何匹居るんだい」

　まだ箱を開けていないのに気がつきました。

「見て来ます」

春枝はとりあえず玄関の三和土《たたき》へ箱を入れ、組み合っている蓋を開きました。

きゃしゃな感じの仔猫が2匹入っています。それに茶色の封筒が一枚添えてありました。

「生まれて十日ぐらいだな」

後ろに若先生が立っています。

「ノミは居ないだろうな」

若先生は一匹つかみあげてひっくり返してお腹の方を見ました。

「うん、わりときれいにしてある」

「これで育つでしょうか」

「このくらいになっていれば何とかなる」

とりあえずケージに入れ、ミルクを飲ませるように春枝にいってから封筒を取り上げると中に千円札が一枚入っていました。

「困ったもんだ。これで罪ほろぼしのつもりなんだ」

「どうするんですか」

「あと、あと」

そういうと若先生は自分の仕事に戻っていってしまいました。もう患者さんが来る時間です。

碧い眼のきれいな仔猫です。雄と雌と1匹ずつで白と灰色のまだらで、2匹ともよく似ています。ケージから出して歩かせてみると、少し横へ横へと行ってしまいますが、わりとしっかりしていて、今迄はよく面倒見てあることがわかります。

「良い飼い主が見つかるといいね」

そういってても何もわからないにきまっていますが時々、三角形に口をあけて何かいいたそうにニャーと小さく鳴きます。


お昼のサンドイッチを食べてから、院長先生に指示された玄関前と待合室に掲示するポスターを考えました。いろいろ考えてみましたが案外むずかしいものです。「猫あげます」もへんだし「どなたか猫を貰ってください」というのも憐れみを乞うようです。

「昔は大学の研究室で貰ってもらったんだけどね」

若先生は人ごとのようにいいます。

「何に使うんですか」

「そこでは脳の研究に使っていた。犬だと大きい小さいがあるんで使いにくいんだ。その点猫は大きさが大体一定してるんで、ちゃんと固定して位置を決められる台もできているんだ」

「今はどうしているんですか」

「愛護団体がやかましくいうんで、実験動物の動物商から買うんだって。輸入しているらしいよ」

（何か変だ）

と春枝は思いました。

よくわかりませんが、何となく矛盾しているように感じるのです。

結局ポスターは「猫を飼いたい方に仔猫を差し上げます」にしました。実験に使われては困るからです。

それを書いた紙を貼ろうと思った時です。玄関のチャイムが鳴りました。出てみると小学生らしい女の子が二人立っています。一人が仔猫を一匹抱いています。

「病気なの？」

春枝が尋ねると、首を振りました。そして少し大きい方の子が思い切ったようにいいました。

「この猫貰ってもらいたいんです」

「それはできないわ、ここは動物病院で猫を引き取るところじゃないのよ」

「でも」

話をきいてみると、拾ってきた猫をクラスで飼っていたところ先生に叱られてどこかへやらなければならなくなった、という意味のことをいいました。

「クラスの誰かの家で飼ってくれないの？」

と聞くと、飼える家ではもうみんな飼っていて、あとはアパートとかマンションで、動物は飼えないのだというのです。どこかへやれという先生にも問題があるように思いました。

しかし、そうもいっていられないので、院長先生にうかがうと、

「もって来た子供の学校と名前をきいて一応預かっておきなさい」

といわれました。


入院室には今朝の猫と今のとで合わせて3匹の仔猫が入りました。

可愛がられている猫もいるのに、この子達は今のところ生きて行くあてもないのです。

そう思うと春枝は胸が一杯になります。自分は今幸せに生きているけれど、そんな幸せと先が見えない頼りなさとはほとんど一つの事のように思えて涙が出そうになります。仔猫達に、

「後で来て遊んであげるからね」

といって入院室を出ました。

午後中忙しく働いて、最後の患者さんのゴールデンレトリバーを送り出すともう8時です。おなかもすいています。

戸締まりをする前に表のマットを取り込もうとして玄関に出ると黒影が立っていました。どきっとして思わず外に出しかけた足を引っ込めようとすると、

「あのう」

と、その影が声をかけてきました。

お婆さんらしい声です。

もう一度電灯を点けると、白髪の少し太った感じのお婆さんです。

「あのう、今朝ここに猫が置いてなかったでしょうか」

「ありましたけど」

春枝は相手が何をいいたいのかわからないまま反射的にいいました。

「まだこちらに居るでしょうか」

春枝がうなずくと、お婆さんは安堵の色を浮かべて自分が引き取りたい、といいました。

玄関には院長先生をはじめとしてスタッフが皆出て来ました。

春枝が前に入っていた箱に猫を入れて持って来ると、院長先生はそれを渡しながら、

「あんたが連れて行ってくれるとこっちも助かるよ」

といわれました。やれやれといった感じです。

「お手数をかけて申し訳ありません。あれから心配で心配で一日中どうしようかと思っていたんです」

お婆さんは何度も頭を下げて箱を抱えて出て行きました。

春枝はほっとしたような、淋しいような気がしてお婆さんの後ろ姿をじっと見ていました。

「まだまだ一匹居る」

後ろで若先生の声がきこえました。

第16話　高齢性痴呆

呆けた犬が居る、という話は聞いたことがありますが、見たのは初めてです。

随分と年寄りの犬で、少し笑っているような顔付きをしていますがぼんやりしています。ゴールデン・レトリバーに似た雑種の雄犬で、どこから来たのかわかりませんが、玄関の前に座っていました。

そのあたりを連れて歩けば自分の知っているところを思い出して家に帰るかも知れないと思ってリードを着けて引いて歩いてみましたが、全く反応がありません。相当遠くまで行ってみました。でも結局、連れて帰って来るだけでした。

迷い犬を預かっている、という貼り紙もしましたが音沙汰ありません。


そんなことでこの犬は飼い主が見付かる迄ということで、恵美子の家に居ることになりました。

母は犬があまり好きではないので、面倒を見るのは恵美子ですが、困ったことに所構わずに用をたすのです。

普段は玄関のところにつないでおきます。夜遅くなると、「ウォーン」というような声で鳴き続けるので仕方なく家に入れてやるようにしました。外だと蚊も来るのでフィラリアの心配もあるからです。

「お前は何て名前なの」

ためしにジョンとか太郎とかいろいろな名前で呼んでみると、どれでもちゃんと反応するのです。というよりも聞き分けることはできないようでした。それで「ジョー」という仮の名前で呼ぶことにしました。

　昼間は大体寝ていますが夜中になると部屋の中をうろうろ歩き廻っては吠え続けます。起きて行って見てやっても反応を示しません。歩き廻っては吠えるのです。

　無理矢理に頭をかかえて口を押さえるとかなり長い間じたばたしていて、それから急に眠ってしまいます。


　ジョーの行動を見ていると、歩き廻るとき、狭いところに入り込むと出てこれない、つまり後退できない、とか、「お座り」「伏せ」「待て」など前に教えられていたであろうことが何もできなくなっているのです。

　ちゃんと仕込まれていたらしいのは、散歩に連れ出すと、ほとんど恵美子の膝の横に頭を揃えて、一定の速さで歩くのです。この習慣は失われていないようです。

　おかしな犬だと思っていました。でも夜中に鳴き続けるのは困るので近くの動物病院で尋ねてみました。それで老齢性痴呆らしい、ということがわかったのです。

確かに、

（老齢性痴呆ではないか）

と思ったことがあります。

それは、山本さんのお婆ちゃんのことを思い出したからです。お婆ちゃんは月が明るい晩にどこかへ歩いて行ってしまうことがあるので家族の方は心配しています。

時々、どこかで保護されて電話がかかってくるそうです。かかりつけの歯医者さんのところだったり、誰も居ない小学校だったりするのです。

道で出会ってお辞儀をすると、

「あなたは○○さんですね」

などと全然、別の人の名前をいったりします。

人と犬とは違うかも知れませんがどことなく共通点が思いあたります。


人間の痴呆症の判定の基準は健康雑誌などに出ています。

それによると老人性痴呆は全体的なもの忘れがその始まりだといわれます。たとえばみんなでお墓参りに行った後で、誰と誰が一緒だったか、と忘れるのは普通の忘れ方ですが、

帰って来て間もなく、

「そうだ、お墓参りに行こう」

といい出すように、行ったこと全体を忘れてしまう、というのです。

判断力がなくなったり自分の居る場所がわからなくなったりする「失見当」などの知的障害が次第に進行していくことや種々の物事に自覚がなくなり、幻覚、徘徊、妄想など次第に生活に支障をきたすようになることが老齢性痴呆の特徴といえるようです。

山本さんのご家族の話では、初めは話の中で同じことを繰り返すのが気になる程度だったのが数カ月のうちに話すこともはっきりしなくなった、ということで、お風呂から出て来て間もないのに、

「このところお風呂に入らないから」

なんていい出すので、はじめは冗談かと思ったほどでした、と話されました。

ジョーがどこかへ行ってしまいました。夜ほんの僅かの隙間から戸を押しあけて出て行ってしまったのです。そんなこともあるかも知れないと思って連絡先を書いた名札を首輪につけておきました。

近所を捜してみましたが見当たりません。翌朝になると電話で犬を保護していることが知らされました。隣の町の公園の隅にある交番です。

行ってみると、交番の前にジョーはつながれていました。

「ジョー」

と呼んでも顔を向けただけでそれほど嬉しそうでもありません。

若い警官が、

「何かはっきりしない犬ですね。年をとって呆けているんじゃないですか」

といいます。

「そうらしいんです」

「夜中に空見て吠えるんで困りました。家に帰りたいのかと思ったんですが、そうでもないみたいですね」

大体同じ症状だな、と思いました。リードを着けて引いてくれれば、一応喜んでいるように歩きます。


動物病院で貰ったパンフレットによると、犬の痴呆の診断基準は生活リズム、歩行異常、鳴き声、姿勢異常、感情表出の異常などが観察の要点になっています。

人と犬とで痴呆の診断が基本的に異なるのは、人間では、記憶、判断、幻覚など、知的活動の変化が異常の大部分を示しているのですが、犬ではそのような機能をテストすることができないので、どうしても行動の異常を基準にすることになるのでしょう。

しかし、多数の犬を研究するのではなく、一緒に暮らしている犬では、膝に乗せてじっと顔を見ていると、そんな基準とは関わりなしにわかってくることがあります。

「何か欲しいの」

と尋ねても、若い犬だとそれに応えるような眼の輝きがあります。

しかし、ジョーの眼を見ても、反応はありません。何かを尋ねられたのかどうかも理解していないようです。それは今迄に経験して得た自分の世界が失われてしまっているのを意味しているのかも知れません。

「ジョー」がまた出て行ってしまいました。今度は首輪を抜けて出て行ってしまったのです。

交通事故に遭わなければよいがと思って父親と一緒に捜しに出ました。近所の路地を見たり、見通しのよい道は遠くまで眼をこらしましたが犬らしい影はありません。

前回のことを思って隣町の公園まで行ってみることにしました。

途中にある広い道路で歩行者の信号待ちをしている人が声をかけてきました。

「うちのお婆ちゃん見かけませんか」

山本さんの小母さんと娘さんです。

「またどこかへ行っちゃったんですよ。怪我でもしないといいんだけど」

恵美子も自分のところの犬の話をしました。

山本さんも当てもないので一応交番に届けるのだといい、一緒に公園に向かいました。

公園が見えるところに来ると桜の木の向こう側に人が居ます。

後ろにしばった髪の形からどうも山本さんのお婆ちゃんのようです。ベンチに座っています。

「よかった、よかった」

と声を出す小母さんを娘が制しました。驚かしてはいけないというのです。みんなそっと近づきました。

すると、どうでしょう。

お婆ちゃんの足下に犬が、ジョーが座っているのです。両者共、空を見上げています。満月です。

経験、過去を失ってしまった一人と一匹が何か新しい世界を思って月を見ているのかも知れません。

第17話　夏の日の午後

暑い日だった。

焼夷弾《しょういだん》による焼け跡もあらかた始末がつき、そこここに雑草が一群《むら》ずつ繁っていた。強い日射しはないがどんよりとして湿気が多く、開襟シャツにも汗がじっとり滲《にじ》んでいた。

土曜の午後で保健所の中は薄暗く、木の床に塗ってある油の臭いがよどんでいた。

所長室の扉は開け放たれ、ガラガラと古い扇風機の音がした。

「山口君」

通り過ぎようとした啓太に声がかかった。

返事をするのも億劫で、何もいわずに二、三歩戻って扉のところに立った。

「どうしたんだ。入って来いよ。まあ、ここも暑いか。犬が一匹入っているんだ。女の子を咬んだ、というんで捕獲したんだ。後で見てくれないか」

所長は定年に近く、髪も薄くなっていたが、若い者にも対等な物言いをすることで、人間関係をうまくやって行く、という考えらしかった。

この保健所には獣医は一人しか居ないので、犬のこととなると必然的に啓太のところへまわってくるのだった。

2階で麦茶を一杯飲んで一息入れてから犬の抑留室へ下りて行くと捕獲員の上野さんが犬の檻のそばに座っていた。啓太を見ると立ち上がって、よれよれの戦闘帽をとって挨拶しながら吸いさしの煙草を土間に投げ棄て、踏み消した。

上野さんが片足を引きずっているのは狂犬に咬まれた時に注射したワクチンの副作用で腰髄神経がやられたということであった。

白で茶色の斑《ぶち》のある犬で、檻の隅にじっとしていた。目に感情が無いようだった。

「用水路の先の空工場のとこの女の子でね。地面に棒切れで絵を描いて遊んでたんだそうで、そこへこいつがひょろひょろって近づいて頬っぺたを咬んだってことなんです」

「狂犬でなければいいんだが」

啓太は犬の目に暗いものを感じた。

「女の子は」

その女の子に心当たりがあった。大きな黒い目の子で巡回に行く時通る道筋で、何回か見かけていた。

「大した傷でもないんで、洗って赤チンを塗っといたってことだか」

「ワクチンを射《う》った方が良いんじゃないか」

「犬は見たとこは変でもないし、狂犬病ワクチンは事故が多いんで、母親がためらっているんです。真性ってことがわかれば一も二もないんだが。何でもなけりゃこんな風に一生びっこになるのも考えもんだから」

狂犬病は一般の感染症と異なり、咬まれた部位が頭に近いほど発症が早いことがわかっている。神経を伝わって脳に到達して発症するからで、足の先を咬まれた場合には発症までしばらくかかる。その間にワクチンを注射して発症を防ぐ、というのがやり方なのである。


捕獲した犬が狂犬病でなければ問題はないが、もし真性であれば、確定してからワクチンを注射しても、頬を咬まれたので病毒はすぐに脳に到達してしまう。ということは、今直ぐに注射を始めても間に合うかどうかなのだ。

啓太は居ても立ってもいられない気持ちだった。そして、女の子の母親を説得してワクチン接種に行かせよう、と思った。


上野さんにそのことをいって女の子の家に同行してくれるように頼むと、

「気持ちはよくわかりますがね」

といって座り直し、煙草に火をつけながら、

「もし犬が狂犬病じゃなくって、女の子がワクチンの副作用で、一生車椅子のご厄介って

ことになったら、あんたどうやって言い訳をするんですか」

悪い方の足を組みかえて上下を逆にしてから、

「私も長いこと犬の捕獲員をやってるもんで何度も経験があるけれど、真性狂犬病だったってものは捕らえた犬の三匹に一匹だ。だからどうしてもワクチンを射《う》ちなさいっていえないんですよ」

「でも、あの犬が本当に狂犬病だったらその子は助かりませんよ」

「それも運、狂犬病のワクチンで片輪になるのも運、だから神様が決めたことにわれわれが手を貸すってのもねぇ」

所長に命令を出してもらえば何とかなるかも知れない。そうすれば母親はしぶしぶでもしたがうだろう。

そのことをいいに行くと所長は扇風機のほかにうちわであおぎながら、

「君のいいたいことはわかるが何でも命令っていう訳には行かないのだ。民主主義の世の中だからね。そんな権限はない。親の判断にまかせにゃならんのだ」

「しかし、母親に知識がないのですから危険がわからないのでしょう」

「それはそうだが、母親にわからせるより先に結果が出る。つまり真性なら真性とわかるのではないかね」

所長は、多くの例と同じように発症まで間があると思っているようだった。

しかし啓太が知っている例では頚部を咬まれて、５日目に発症している。頬っぺたならばそれより脳に近いではないか。


狂犬病のワクチンはこの時期、パスツールが約60年前に開発した不活化ワクチンとほとんど変わっていない。兎に狂犬病の病毒を感染させ、その脊髄を乾燥させて乳剤を作りワクチンとするのでこれは狂犬病を防ぐのに有効で大勢の人々を救ったが、大きな副作用を持っていた。このワクチンは当然ながら兎の脊髄の成分を含んでいる。この脊髄の成分に対する抵抗性が生じ、ワクチンを射《う》った人の神経の麻痺を起こさせるのである。このため、狂犬病による死は免れたが、麻痺が残ったという例が発生することになった。（現在では副作用を除いたワクチンが開発されている）

啓太は、あの犬が狂犬病でないことを祈る以外に方法がなかった。たとえ狂犬病であっても、発症が遅れれば助かるチャンスはある。

日曜にも一度犬を見に行ったが犬はまだじっとしたままだった。餌は食べていなかった。

月曜日の朝、動物の抑留室の扉を開けると、死んだ動物の臭いがした。

犬は死んでいた。血の混じった唾液が口の周りを汚していた。檻を激しく咬んだらしく、あちこちに血がこびりついていた。目は白く濁っていて、檻から出そうとすると硬直が始まっていた。

胃を切開すると石や折れた木片などが入っていて、狂犬病は確実であった。確定診断のため首を切り離して衛生研究所に送る手配をして、捕獲員の上野さんが来るのを待った。

頬っぺたに日の丸のように赤ちゃんを塗った女の子は何もないように家の前に立っていた。

「狂犬病のワクチンを」

せきこんでいう啓太を丸顔の人の良さそうな母親は怪訝《けげん》そうに見上げていたが、上野さんが、

「こないだの犬は本当に狂犬病だったんだ。早くしないと死んでしまうぞ」

というと、母親は咄嗟のことで、しばらくぼんやりしていたが、突然、子供を抱き寄せて泣きはじめた。

「まだ、間に合うかも知れない。急ぐんだ」

「どこへ、どこへ行けば」

「白金の伝研か、山田研究所だが、ここなら山田研究所の方が近い」

保健所に衛生研究所からの結果が戻って来たのは2週間後だった。

　脳をホルマリンに漬けて固定し、それから薄切りして、海馬神経細胞にネグリ小体を見付けるという手順を踏むために、どうしてもそのぐらいの日数がかかるのである。

　報告書にはネグリ小体多数、真性狂犬病と記載されていた。

　啓太に、咬まれた少女に嘔吐が始まり入院したことを上野さんが知らせに来た。

「あの時、すぐにワクチンを射《う》っても助かったかどうか。可哀想だがもう駄目でしょう」

　何が何でもワクチンを注射することを勧めるべきだったのだ。決断の甘さを啓太は改めて思い知らされた。

「自分を責めちゃいけませんよ。これは誰のせいでもないんだ。狂犬に咬まれなくっても交通事故に遭うことだってある」

　黙っている啓太の心の中を見透かすように上野さんはいい、煙草の火を消して足を引きずって出て行った。

第18話　同期生

　3人の看護士は同期生のように見られますが、山崎さんは一年先輩です。でも背が低いので、年上には見えません。ヒロミと信江とは本当の同期生で出身校も同じです。この病院は朝8時に集合で、とくに早いわけではありません。信江にとっては大変なのです。6時半に起きて身支度をして、パンとミルクで立ったまま朝食を済まして駆けてくるのです。

　ヒロミは、

「こんなの楽なものよ」

と澄ましています。実家は山形の酪農家で、家に居る時は毎朝4時に起きて牛に飼料をやり搾乳をしなければならないのだそうです。それから見ればここは天国だ、といっています。

　山崎さんの家は動物病院で、お兄様が院長だということです。山崎さんはあと三月でここを辞めて、受験勉強に専念して、獣医大学を受験するのだといっています。

「看護士には限界があるのよ、自分ではこうした方がいいと思っても治療のことには口を出せないし、新しい方法を試すことだってできないもの」

そのことが受験の動機らしいのです。

そんな話を聞いた時、信江は感心してしまいました。しっかりしているなあ、何て自分は子供なんだろう。看護士の仕事がちゃんとできるかどうかを心配している自分が情けないほどでした。

ヒロミに聞いてみると、

「まだ何にもしてないから、何にもわかんないよ。それより掃除と糞便検査」

と割り切っています。

院長先生は学会の方の仕事でいつも出掛けられていて、副院長の山上先生が診療をしています。

「院長先生が留守の方がいいんだ。その方が少しでも経験が多く積めるからね」

そういう考え方もあるのだと信江は思いました。少しでも楽をしたいと思う自分は何なんだろう。

診療と手術の助手は山崎さん。検査と掃除はヒロミと信江の分担です。

「やって見せるのは一度だけだ、あとは自分で覚えろ」

山上先生は口ぐせのようにいわれますが何でもなかなか一度では覚えられません。失敗とまごつきの連続ですが、それでもヒロミが居るので随分助かっています。手際もいいし、手順を覚えるのも早いのです。信江はメモ帳をポケットに入れて必要なことを書き留めて

いますが、ヒロミはそんなことをしなくてもちゃんと覚えているのです。そのことをいうと、

「ちゃんと手帳に書いてあるよ。寝る前にその日のことを思い出しておさらいをして、覚えるんだ」

というのです。何て自分は馬鹿なんだろう。ただ書いて安心をしてるなんて。何かが足りないのだと思います。

午後1時から3時迄はお休みです。その間に食事をしたり、洗い物や次の準備をしたりします。山上先生は往診にも出掛けます。

その日は山崎さんは公休で、ヒロミは銀行に行くといって出て行きました。山上先生も往診に出掛けようと靴を履いている時でした。

病院の前に車が止まり人の声がしました。入って来たのは50歳ぐらいの女の人で、後ろに男の人がゴールデンレトリバーを抱えています。

「犬が急に血を吐いて倒れたんです」

女の人はあせった調子でいいました。

「お尻からも血が少し垂れているんです」

山上先生は履きかけた靴を脱いで室内履きに替えました。救急病院なので、休み時間だから診察をしないとはいえないのです。

犬は診察室の床に寝させ点滴の準備をしました。犬は目を閉じてじっとしています。

「動くかも知れないから、動きそうになったらこの絆創膏のところを上から押さえて針が抜けないようにするんだ、いいな」

と信江に向かっていいました。いつにもないきつい調子です。そして駆けるようにして鞄を持って出て行きました。

「先生、大丈夫でしょうか」

飼い主の女の人が信江に話しかけました。

「私は先生じゃないんです。看護士ですからわかりません。先生はじきに帰って来られます」

信江は不安でした。自分の他に誰も居ないことなんて今迄無かったのです。犬はじっとしていますが、それでも針が抜けないように絆創膏の上から何度も押さえてみました。輸液の瓶の中の液が先生が戻られる前に無くなってしまったらどうしようとか、急に犬が起き上がって暴れだしたらとか不安で一杯です。犬が少しでも楽なようにと頭の下にタオルを敷いてやり、口のまわりを拭いました。

随分長い時間がたったような気がしましたが、先生が戻って来られたのは1時間もたたないうちでした。

犬はそれから入院して信江が面倒をみることになりました。病気の原因はよくわからないのですが季節が変わる時に突然、消化管の出血が起こることがあって、無論、薬は効かないので、補液と看護だけで、あとは運まかせだ、と後で山上先生から説明がありました。それでも3日目になると少し頭と尻尾を動かせるようになりました。

水で口を濡らしてやったり、体を拭いてきれいにしたりしますが、日常の検査の仕事の他にですから目の回るような忙しさです。

5日目には流動食を大さじ2杯ぐらい食べられるようになり、1日ごとに元気が出てきました。そして10日目には退院して行きました。信江は嬉しいのと淋しいのが混じった気持ちで見送りました。

山崎さんが辞める日が来ました。

「さよなら、元気でね」

という山崎さんも何か心残りのようです。急に病院が広くなったようで、

「何だか淋しいね」

とヒロミといい合いました。

その日の夕方です。

ヒロミの実家から電話があって、母親が病気で入院したからすぐ戻って来いといわれた、というのです。信江はびっくりしました。この上ヒロミまで居なくなってしまうなんて。

「きっと、もう戻って来れないと思うんだ。酪農は忙しいから、ヘルパーさんだって簡単

に頼めないんだ」

そのあたりのことは信江にはよくわかりませんが、何もできない自分だけが残るなんて、もうどうしたらいいのかわかりません。

ヒロミは山形に帰って行きました。

こうなったらいっそ自分も辞めて獣医大学を受験しようかと思いました。学力の自信はありませんが、一生懸命やったら何とかなるかも知れないと思うのです。そんなことを山上先生に話してみました。

「それはいいことかも知れないけど、人間の病院を見てごらんよ。お医者さんばっかりで看護婦さんが一人も居なかったらどうなるんだろう。考え直してみた方がいいんじゃないか」

それはそうだ、と思いました。でも自分だけここでじっとしているわけにはいかない気がします。そう思って落ち着かずに居ると、入り口のチャイムが鳴りました。出てみると、この間迄入院していたゴールデンレトリバーを連れて、飼い主の女の人が立っていました。

「おかげさまですっかり元気になりました」

犬もわかるのか尻尾をゆらゆらと振っています。山上先生も出て来ました。

「良かった良かった。早く気がついたので助かったのですよ」

「いえ、先生と看護士さんのおかげです」

飼い主の方は何度も頭を下げて帰って行きました。

それを見送って、信江もしばらくここで看護士をやっていようかな、という気になりました。

第19話　日の丸

水槽にはその名前の通り円盤状の体をもつ熱帯魚のディスカスがゆっくり泳いでいました。泳ぐ、というより浮かんでいるという方が適切かも知れません。胸鰭はこまかくふるわせていますが、大型の円盤状の体はゆっくりと浮き上がり、また静かに沈みます。雌の方はその背後にひかえていて中ぐらいの深さのところに静止しています。

ゆったりした動作は見飽きることがありません。

隣の幼魚の水槽では絶えず、魚が突っつき合っています。突つかれた方はすいと身を翻して物陰に入ってしまう。すると、攻撃者はまた別の個体に向かってかかって行くのです。

勇治は自分がここへ何をしに来たのかも忘れて魚に見入っていました。

「やあ、あんたか」

声をかけられて振り向くと、小柄半白ながっしりとした感じのこの店の主人らしい人が立っていました。

「実習生というのは君だろう。魚のことは知っているか」

勇治は急にいわれてどぎまぎしながら、答えるかわりに首を振りました。

「そりゃまあそうだろう。学校で何か習ってすぐできりゃ何も心配はいらない」

そして自分のことは所長と呼んでくれと、少し照れくさそうにいいました。

「ここは熱帯魚店。今風にいえばアクアショップだが、私は研究所のつもりでいるのだ」

今度は少し胸を張っているようでした。

「何を研究しているのですか」

「何をって、繁殖だ。世界に類のないディスカスを創り出すのだ」


あまりはやっていない店でした。

勇治の動物専門学校では、校外実習を自分で希望する店でも動物病院でも探して来てよいことになっています。この店で校外実習を受けることを希望したのは、時々前を通って見慣れていたことと、通りがかりに覗いて見たとき、今所長といっている主人らしい人がいかにも熱帯魚好きらしく見えたからです。きっと何かいいことを教えてくれるにちがいない。そう思いました。

看板の電話番号を頼りに学校の先生から電話をしてもらうと、ちょうど人手がなくて困っているところだということで、すぐに許可がありました。

「あんたにやってもらうのは水槽の水換えだ。よそではポンプなんか使ってもっと近代的にやっているかも知れないが、うちではこのガラス管がついたビニールチューブでサイフォンの原理で水を抜くのだ。そのとき底に溜まっている魚の糞やゴミを一緒に吸い出す。

下の砂利を吸っちゃだめだぞ」

　こんなことは馬鹿でもできる。とぶつぶついいながら、水槽の中へガラス管を入れて水を吸い出し、下のバケツに流し出しました。

　水は一度に三分の一ほど流し出し、ＰＨと温度を調節した水をつぎ足します。なるべく魚にストレスを与えない配慮なのです。

　店の奥の隅に小さな扉があって、開けると細いコンクリートの階段が地下室へ通じています。

「ここは私の研究室だ」

　所長は得意そうです。上の店に居るときとは目の輝きがちがっています。

　部屋ごと恒温に維持されていて左右の壁には水槽がぎっしり並んでいます。

「説明は後でするが、あんたは私がここに居るときは店番だ。そして店の水槽の管理をする。何か買うお客が来たらインターホンで私に知らせる。いいな」

　うんうんと自分で頷くようないい方です。

「あんたの前に居たやつは退屈がってやめてしまった。だが、魚を見ていて退屈するなら、いや、この仕事には向かん。見ていれば見ているほど面白くなるもんだ。ところで、あんたは学校で何を習ってるんだ」

「経営学コースです」

「経営？　そんなものはここにはない。赤字続きだ」

「いいんです。熱帯魚が好きなんです」

うん、うんと所長は満足そうでした。

「ところで」

と、一つの水槽を指でさしました。

「これを見てくれ」

その中には20匹ほどのディスカスの幼魚が泳いでいます。全体に白っぽく、体の真ん中に薄茶色の斑点が少し見えるのもいます。

「何だかわかるか」

勇治は頭の中の知識を総動員しました。

「ディスカスのアルビノ（白子）じゃないでしょうか」

所長の目がギラリと光りました。

「素人にしちゃよく見た。しかし、ちょっと違う」

所長は勇治が話がわかる人間と考えたらしく、話しはじめました。

「もう40年以上も前からディスカスの繁殖を手がけているのだが、その当時は親魚が高価で、手に入れるために少しばかりあった山林や土地などはみんな売り払ってしまった。それでも手に入ったのは今でいうブラウンで褐色な体に少し青い縞模様があるやつだった」

「交配は失敗の繰り返しだが、やっと成功した中に体の色が青い子供が何匹か居た。きっと青い縞模様が全体に現れたのだろう。それを育成して子供を取ってもう少しで発表できるところまできたとき、やつらに先を越されてしまった」

「やつらって誰ですか」

「ドイツのやつらだ。何でも医者だってことだが、道楽でやってやがったのさ。それがターキスって青いやつだ」

　その後、種々の色彩のディスカスが紹介され、所長は品種改良の目標を失ったということでした。

「ところが、ある日、錦鯉の展示会にぶらっと入って見ていて白い身体に赤い斑点のあるやつを見たんだ。これだと思ったよ。ディスカスでこの模様が出せたら素晴らしいと思ったのだ。白い身体の真ん中に真っ赤な日の丸。これでもってドイツのやつらに日本にもディスカスの繁殖家がいることを思い知らせてやろう、と考えたんだ」

　所長の目には意志をはっきり伝える輝きがありました。

「それでできたんですか」

見えます。

「そう簡単にはいかないわな……、ここにいるのは」

と顎で前に見た水槽を指して、

「まあ可能性はあるが、もう少ししないと本当の色が出ない」

水槽に目を近づけると、さっき薄茶色に見えた斑点が心なしか赤味を帯びているように

「本当に赤くなるのでしょうか」

「そんなこと誰にもわからん。神様だけが御存知のことだ。繁殖のことは神様のお考えの中のことで、わしらはちょっとお手伝いしておるだけだ」

「だめだったらどうするのですか」

つまらない質問をするな、というように所長は頭を振りましたが、思い直して、

「できるまでやるだけだ」

といって話を打ち切りました。

強い意志がその目に表れています。

所長は毎朝勇治が店に行く前から研究室の100匹以上もいるディスカスを一匹一匹状態、餌の食べ方を調べ、ときには体長を測り、泳ぎ方、動作を克明に観察し、記録してい

ます。何を尋ねてもすぐに答えてくれますが詳しすぎて勇治は理解できないことが多いのです。

所長の仕事ぶりを見ていると、将来は自分の好きな熱帯魚を扱う小さな店を持ちたいという勇治の希望とは全く別のことのようで、自分の夢が随分と見すぼらしいような気がしてきました。今のままでは何か満たされない、そんな感じが強くなってきた頃、２週間の実習期間が終わりました。

最後の日、所長に挨拶をして、思っていたことをいってみました。

「あの、また来てもいいでしょうか。何かお手伝いしたいのです」

「あんたに手伝ってもらうほどまだボケちゃいないといいたいところだが、そういってくれる人が居るのも嬉しいことだ。もう半年たって、ちゃんと卒業して、そのとき気が変わらなかったらまた来なさい。その頃には、きっと日の丸ディスカスもはっきりしているだろう」

第20話　銀座の猫

その頃。

朝の銀座は汚かった。

表通りはまだよかったが、一歩細い路地に入ると、飲み屋や飲食店の壁際に食物の材料を入れる箱や食べ残りを入れたビニール袋、野菜の切れ端などが乱雑に寄せてあり、濁った色の汁が道の真ん中まで流れ出ていた。ソースとか玉葱とかの混じった、すえた臭いもただよっていて、倦怠感が満ちていた。

わざわざ、通らなくても、他に道もあるのだが、信吉は大学へ行く時、いつもそこを行くことにしていた。

日本海側の小都市で育ってから漠然と大都会にあこがれていたが、東京にきて実感できるのは夜の照明に輝く明るい街でも、角ばったそらぞらしい官庁街でもなかった。毎朝通るこの乱れた地帯の光景だけが、自分が大きな都会にいることを感じさせるのだった。

溜まっている汚水をよけながら足下を気にして歩いていると、突然、少し先を黒い影が横ぎった。

信吉は、一瞬であったが、あの猫だと思った。

「何だ、こんなところに棲んでいたのか」

その猫は二階の窓から時々信吉の部屋に遊びにくるのだった。

戦災を免れた一角が新橋の駅の横にあって、古びた板張りの壁が剥がれ落ちそうな家が何軒か寄りかかりあうようにして残っていた。その中で一階が八百屋さんをやっている家の二階に信吉は下宿していた。窓の前の物干し台をつたって猫はやってくるのだった。

今にも雨が落ちてきそうな晩、窓の硝子障子を引っ掻く音がした。細く開けてみると金色の目が窺っていた。真っ黒な猫で、開けてやると勝手に入ってきた。

食べていたかき餅に混じっていた小魚をやると喜んで食べ、万年布団の隅に丸くなって寝てしまった。


そんな風にして時々やってくるようになったが、朝になると何の未練もないようにさっさと帰っていくのが常であった。

人馴れしていることといい、行くあてがあるような出て行き方といい、飼われている猫らしい、と思っていたが、どこからきて、どこへ戻るのかはわからなかった。そのことに関心も持ちたくなかった。都会暮らしとはそういうものだと割り切っていた。

帰り道、あの黒猫がまだいるかもしれないと思って同じ道を歩いた。

朝見かけた場所の近くのお菓子屋の踏み石に座っていた。信吉の方をちらっと見ると急に立ち上がって、ゆっくりと歩き出した。

どこへ行くのだろう。

無意識に後について行くと横丁を曲がって、貸本屋の隣の小さなスナックのような店に入って行った。引き戸が細目に開けてあるのは猫のためらしかった。

戸口からのぞき込むと、

「いらっしゃい」

と声がかかって、思わず店の中に入ってしまった。4、5人も入れば一杯になってしまう小さな店で、客はいなかった。猫はカウンターの横の椅子に上っていた。

「何にします」

「いや、……あの猫はここのですか」

「そうよ、クロっていうのよ。何かした?」

この店のママらしいその女はハスキーな声でいった。職業的な笑顔とかためたようなパーマの髪とがぴったり合っていた。三十四、五で狐とか山猫とかを思わせる顔立ちだった。

「昼間はお酒ないのよ。珈琲だけ」

珈琲を飲みながら、その猫が時々自分の下宿にきて泊まって行くことを話した。

「なかなかやるじゃない。ちっとも知らなかった。今度はネコじゃなくって私が泊まりに行っていいかしら」

「いや、そんなことは駄目です」

信吉はどぎまぎしながら答えた。

女は笑いながら
「あんた東京の人じゃないわね」

「島根県から出てきたんです」

「あらやだ、私とおんなじじゃない」

女は自分が真佐子といい、出雲の生まれだということや、主人と別れてこの店をやっているのだ、と聞きもしないのに話した。

同郷という気安さも手伝ってか、もう少し話をしていたかったが、2、3人客が入ってきて、信吉は立ち上がった。

「また寄って頂戴ね、クロも待ってるからさ」

後ろから声がかかった。

週に一度か二度、真佐子の店に行った。大抵、客が何人かいて、たいした話もしなかったが、田舎から送ってきたのだといってお餅や栗などの袋を渡してくれたりした。

「あんたみたいな学生だった男の後を追っかけて田舎を出てきたのよ。もう十年以上にもなるかなあ」

客の切れ目にそんなことをいったりした。

「その人と結婚したんですか」

信吉が聞くと、

「世の中そんなにうまくはいかないわよ」

真佐子はクロの頭をなでながら、

「昔のことだからねぇ」

と、遠くを見るような目をした。

自分にはわからない経験をしているのだと信吉は思った。自分は未だ何にも知らないのだ。

試験が近づいて、真佐子の店どころではない日が続いていたある晩、硝子障子を引っ掻く音がして、クロがやって来た。

いつものように万年布団の隅に行って寝てしまったが何気なく見ると、見馴れた赤い首輪に白い紐が巻き付いていていた。不思議に思って目を近づけると和紙を縒《よ》ったものだった。

解いて見ると、

「寄ってちょうだい」

とボールペンで書いてあった。真佐子が書いたにちがいなかった。

胸がじんとして、すぐにでも店に行って会いたかったが、もう閉まっている時間だった。

翌日、午後に店が開く時間を待って真佐子の店に行った。

「あら、役に立ったんだ。無駄かもしれないと思ったんだけど。無駄でもともとだからね」

「田舎へ帰るんだけど、あんたも冬休みで帰るんなら一緒にどうかと思ったの。こんなお婆さんとで悪いけど」

思っていたことを一度に吐き出したようないい方だった。信吉は黙ってうなずいた。

そして飛行機だとすぐに着いてしまうから汽車で行こうというのが真佐子の提案だった。

真佐子と故郷に帰る日、信吉は荷物を持って待ち合わせの真佐子の店に行った。

店は鍵がかかっていて誰もいないようだった。約束の時間を大分過ぎても真佐子は現れなかった。

どうしたのかと思って、隣の貸本屋に入って尋ねてみた。

「ああ昨日、真佐子ママは車にはねられて足の骨を折って病院に入ったんだよ。何でも前の亭主ってのがきて世話してたが、本当に前の亭主かどうだか」

貸本屋の親父は厚い老眼鏡の中から不審そうに信吉を見上げた。

どこの病院か聞いて見舞いに行きたかったが、自分が出るところではなさそうだった。

真佐子の店の前にクロが座っていた。信吉を見ると親愛の情を示して体をズボンに擦りつけてきた。

信吉はクロを抱き上げて歩き出した。

第21話　早春

冷たい風が吹いて早く地下鉄の駅に入りたくなります。陽の光だけは明るくなって春らしい感じもしますが、積雪何センチといったスキー場の情報が、電光掲示板に赤い文字で次々に出て、本当に暖かくなるのかという気さえしてきます。

身体中が寒く感じられるのはそればかりではありません。就職が決まっていないのです。

由紀子は卒業式の日に借りる袴の丈を合わせに行った帰りなので、もう少し明るい気分でもいいはずです。でも、就職のことを考えると気が重くなります。

貸衣装屋に一緒に行った亜矢ちゃんは、

「卒業式の日に一緒に写真を撮ろうね」

といって浮き浮きした様子でした。夏休みにアルバイトに行っていた動物病院に就職することがずっと前から決まっているのです。

無論、由紀子も学校の求人案内を見ていくつかの動物病院に当たってみました。

通勤時間やその他の条件もよさそうなところへ行ってみると、一足違いでもう別の学校の出身者に決まっていたり、面接で出会った院長先生があまりにも横柄なので、とても合わないと思って自分からやめたこともあります。

学校では就職担当の先生から、

「積極的に、粘り強く、自分で道を開くつもりで」

などといわれます。よくわかっているのですが、何を、どこへ、積極的に粘り強くやればいいのかわからないのです。


動物看護士は人の大きな病院の看護婦さんとは異なり、小規模の動物病院で働くので仕事も待遇もまちまちで、はっきりした基準もありません。

去年卒業の、就職して半年でやめた先輩の話では、

「毎日、朝8時から夜10時過ぎまで働いて、毎週火曜がお休みだけど美容院へ行くこともできないのよ。スタッフの人はいい人ばかりだけど、何だか自分がすり減ってしまうみたいな気がしてね」

というのです。

それに似た話はいくつか聞きました。

「9時に始まって、5時に終わる仕事に就きたいなあ」

と、学校へ来ていった先輩もいます。

そればかりではないと思いますが、せっかく就職しても短期間でやめる人も結構多いのです。

家に帰ると、

「どうだった」

と母がいいました。

「どうだったって、ああ、袴のこと。ちょうどよかった」

自分が何をしに行ったのかすっかり忘れていました。

「えび茶色なの」

「うん」

そのときテーブルに自分宛の封書がのっているのに気がつきました。

履歴書を出しておいた動物病院から面接に来るように、という知らせでした。


夜に情報通の亜矢ちゃんに電話をしてみました。

面接に行く動物病院の名前をいうと、

「あそこはどうかな、私直接知っているわけじゃないけど、友達がいってたよ。月給は悪くないけれど、仕事がきつくて代診の獣医の先生までやめちゃったんだって。でも東京の真ん中にあるんだし交通の便はいいからなあ」

あまりよくは知らないようでした。

とりあえず指定の日時に行ってみることにしました。


廊下をついたてで仕切った応接場所でしばらく待たされました。通りがかりで見た検査室では自分と同じぐらいの看護士が二人働いていました。忙しそうで体が止まっていることはありません。

獣医師の先生らしい人も忙しそうにすれ違って行きました。

黙って座って待っていても、何か周囲の動きの中に巻き込まれそうな感じがあります。

「お待たせしました」

白衣の中年の先生らしい女の人が入って来ました。ぱっと花が咲いたようです。

「院長の山本です」

由紀子も自分の名前をいいました。

「あなたに入っていただいたら、していただくことは検査、入院犬の管理、病院の掃除、手術の準備なんかですけど」

山本先生は歯切れよくてきぱきと話をしました。小柄ですが満ちあふれる自信からか、大きく見えます。

その他、一般的な健康やら家族やらについての質問もありました。

一段落したところで、

「何か質問あります？」

由紀子はちょっと戸惑ったのですが、思い切って尋ねてみました。

「あのう、英会話を習いに行きたいんですけど、そんな時間、あるでしょうか」

先生はちょっと笑いながら、

「皆さんにそんなことを聞かれるのよ。でも、自分がちゃんと仕事ができるかどうかわからないうちに、自分の時間を作ろうっていうのはどうかしら」

由紀子は「はっ」としました。

「それに、動物を相手にするってことは予定がつけられないことなのね」

そして山本先生は、帰ろうとしているところへ急患が来ることがよくあるという話をされました。

最後に、

「あなたには来てもらいたいと思います。ご自分でここで働けるかどうか決めて連絡してください」

山本先生の少し厳しくなった顔つきに笑顔が戻りました。

動物病院を出て坂を下るとお堀に出ました。まだ風は冷たいのですが、もう小さい萌黄色の芽がのぞいています。

冬姿のままの柳の木に寄り掛かって、山本先生の言葉を繰り返してみました。

まだ自分は何もしていない、何も知らないうちに別のことを考えているなんて、どういうことだろう。

友達と話し合っていた海外旅行や稽古事の話が絵空事のように感じました。

そのときツツジの根本に寄せてある落ち葉が動きました。がさがさと何かいるのです。

頭が見えました。茶色で雀みたいです。

首が出ました。小雀です。飛べないようです。

由紀子はハンドバッグを腕にかけてしゃがんで手を伸ばしました。雀は隠れようと、また落ち葉の中に入ろうとしますが、うまくいかず、半分回るように動いています。片方の翼が広がったままです。


とうとう捕まえました。

はじめは少しばたつきましたが、急にぐったりして、目を閉じました。

翼の付け根には血がこびりついています。烏におそわれたのかもしれません。

由紀子は手の中に温かみを感じました。心臓の鼓動も感じられるようです。

そのまま、ちょっとの間、両手の中の雀をそっとしておこうとじっとしていました。

突然、山本先生の顔が浮かびました。

「そうだ、山本先生の病院に連れて行こう」

雀を驚かさないようにそっと立ち上がると、自分がもうあの動物病院に採用されたいと思っていることがわかりました。

第22話　五十鈴川《いすずがわ》

大鳥居をくぐると、江戸時代の版画でみたような木の橋があった。

「檜《ひのき》造りね。神様のだから」

伊勢神宮の内宮への入口である。

「人が住む世界と、神様のお住居との境界なのよ」

と、母は小声でいった。


橋を渡りきり、もう一つの鳥居を過ぎて樹々に囲まれた砂利道の参道を歩いた。目では見えなかったが、川に沿って歩いているようだった。

参道は、外の世界とは違い、空気がずっしりと重かった。

「神様がこのあたり全部に宿っているのかもしれない」

思わず見上げると、明るい空に梢は黒く神々しさが染み込んでいるようであった。

人影はまばらで、二、三人連れだっている者も黙々と歩いていた。声を立てることは神を畏《おそ》れぬ所業と考えているようだった。

右手に川へ下りる枝道があり、幅広のゆるやかな階段がつけられていた。さまざまな丸石で土止めをした土の段である。母は当然のように段を下りた。

川岸に平場があり、大きな長方形の石が敷き詰められ、水に手が届くように設《しつ》らえてあった。

階段の横に、

「御手洗場《みたらし》」

と墨書した立札があり、徳川将軍綱吉公生母桂昌院寄進という小さな字の添書きもあった。

内宮に参詣する者は、ここで手を洗い口を漱《すす》いで身を清めるのである。

古くからの禊《みそぎ》を簡単にしたものだという意味のことを母はいった。

十人ばかりの人が川の縁にひざまずいて手を洗ったり、両手で水を掬《すく》ったりしていた。手を合わせている人もあった。

川の中には沢山の鯉がいた。大部分は白黒まだらで、僅かに赤い斑がまじっている鯉がいた。

もう斜めになった陽射しの中で、鯉が身を翻すたびに、水も鱗も瞬間、鋭く輝いて見えた。

「ここでうがいをするのはきたなくはないの」

と良吉がいうと、母は余計なことをいうなということを身振りで示した。

いた。

大東亜戦争が始まって一年近くたっていた。そのせいで、川岸に居る人々は男も女も地味で目立たない色の服装であった。国民服と呼ばれる黄土色の詰襟服を着ている男の人もいた。

その中に髪を後ろにぎゅっと結んだ、色白の若い女の人が目に付いた。目に付いたのはその人よりも、着ている鮮やかな紫色の矢絣《やがすり》の着物であった。少し前屈みで両手を握り合わせて、鯉を凝視している様子は子供心にも異常なものを感じさせた。

母も気になったらしく、御手洗場を離れながら、

「きっと旦那様が戦争に行ってられるのでしょう」

と、良吉にいった。

神殿に向かう道で、母は自分達も結婚して間もなくここへ来て、父と一緒に鯉を見た、という話をした。

その父が脳溢血で倒れて半年以上もたった。その父を東京に残して、名古屋の実家の法事かたがたこの伊勢神宮まで来たのは、父の病気からの回復を祈願するために違いなかっ

た。

良吉には三人の姉と妹があり、母と二人で旅行に出たことなどこれまでになかったので、何となく弾んだ気分であった。

小学校5年生であっても男の子なので用心棒がわりに連れて行こうと思ったのであろう。

参道が尽きるあたりで、斜め前方に石段が見えた。そして石段の上の方には思いがけず大勢の人が膝をついてお宮の正殿に向かって手を合わせたり、深々と何度も礼拝を繰り返したりしていた。柏手《かしわで》を打つ音も時々聞こえた。日の丸の旗を持った人が何かを唱えていた。

「兵隊さんの家族の方々でしょう」

母は、人々の間を縫って正殿へと石段を登って行った。良吉も遅れまいと後に続いた。

拝礼を終えると、もう一度、御手洗場へ行くと母がいい、順路を外れて元来た道を戻った。

良吉には父との想い出の中にあの鯉が大きな部分を占めていることが想像された。

太陽は低く、樹々の影は黒くなり空だけが、遠い音が響きそうに明るく清んでいた。

御手洗場近くには、もうほとんど人影はなかった。

川の岸に人の影が立っていた。あの矢絣の女の人であることは遠くからでもわかった。

「あの人はどうしたんだろうね」

良吉がいいかけた時、その影が二、三歩よろめき、崩れるように石の上にうずくまった。母は、驚くほど機敏に階段を駆け下りて、抱き起こした。

「大丈夫です」

女の人は意外とはっきりした言葉でいい、自分で立ち上がったが、再びよろめいた。母が支え、石段の隅の石に腰を下ろさせた。


「出征する前の日に主人と二人でここへ来て鯉を見ました」

と女の人は話し始めた。

「そして無事に帰還したらまた鯉を見に来ようといったんです」

出征兵士が武運長久を祈って伊勢神宮に参拝するのはよく行われていた。

「出征して三ヵ月ほどは毎週のように手紙が来ましたが、それ以後、全く音信が途絶えてしまいました」

「戦争だからよくあることでしょう。きっとお元気でやってらっしゃいますよ」

普段あまり気休めをいわない母がめずらしく、軽い調子でいった。

「いえ」

女の人は遮《さえぎ》って
「昨夜、宿に電報が来ました」
帯の間から折り畳んだ紙片を取り出して広げた。
長い電文でもなかったが、その中にいやにはっきりと「センシ」という文字が、良吉にも読めた。

女の人はとうとう我慢が切れたように両手で顔を覆った。

嗚咽の声が漏れた。

母は、言葉が出ないようだったが、思い直して、

「こういう混乱している時ですから誤報ということもあります。気をしっかり持ってね。それが私達銃後をあずかるものの務めです」

と、きっぱりといった。そして急に調子を変えて、

「でも、私達女にとって戦争は辛いものね」

女の人は顔を覆ったまますなずいた。


川面は光を失い、水は音も無く流れていた。鯉も岸辺から離れて泳いでいた。

もう大丈夫だからしばらく居るという女の人を残して、良吉と母は石段を登った。

「うちにも、いつ死ぬかわからない病人が居るのだから急がなくちゃ」

背後で、鯉が跳ねる音がした。

第23話　錦華坂

その坂は錦華坂といった。

歩道は片側で、坂の下り口にかかるあたりの歩道の真ん中に人が通るのを邪魔するように少しかしいだ木の杭《くい》があって、消えかかっていたが錦華坂と書かれているのが読めた。

千絵は、

「こんなところに」

と、杭に手をかけて笑った。八重歯が光った。

「ここがきっと道の端だったんでしょうね」

風が来て、羽織ったコートの下のガウンの裾を揺らした。

入院している千絵を誘って、婦長さんの許可を得て、連れだって散歩に出て来たのだった。

予備校と産科病院の間の道を抜け、右に折れて、すぐに左へ曲ると坂の上に出る。

「どこに行こうか」

と尋ねると、「あの坂の道」かそうでなければ「ニコライ堂」と、持ち前の舌たらずのような話し方でいうのだった。

坂に沿って唐楓《とうかえで》や山紅葉が枝を伸ばし、大きな銀杏の樹も道を覆うように広がっていた。秋も半ばを過ぎて、これらの樹々の葉は茜や黄に色付いて午後の陽が斜めに当たると、文字通り錦のように輝いて見えた。

「あ、猫」

小さな喫茶店のガラス窓の下で猫が日向ぼっこをしていた。とりたてていうほどもない三毛猫だった。

「いつも居るのよ。この前、もう随分になるけど」

ちょっと考える仕草で、

「そう、もう2週間ぐらい前かしら。でもその時は、もっと小さかったような気がしたけど」

違う猫ではないか、と私はいった。

「おんなじ猫よ。だって模様がおんなじだもん」

千絵はそばへ寄って行ったが、猫は知らん顔で目を閉じていた。

「うちのミーヤはどうしているかなあ」

もう3カ月目になっていた。千絵は貧血で病院に運ばれ、そのまま入院することになった。急性の白血病で抗腫瘍剤等による治療が行なわれていた。

主治医が私のいる大学の研究室でも仕事をしている関係で、自分が手が離せない時には様子を見に行ってほしい、といわれて、前にもそうしたことがあったので、気軽に引き受けたのである。

千絵は高校2年生だったがこのような病気の子にあり勝ちな、年齢より大人びていた。エネルギーが余っている年頃でもあった。身体の調子が良い時には外へ出たがった。

「先生と一緒なら散歩に行ってもいいって婦長さんがいった」

千絵がいうので、確認してみると本当だった。自分では治療に手を貸すことは何もないので、散歩ぐらい付き合うのは、よいかもしれない。


見上げると光を受けて黄色く大王のように立ってる銀杏の樹の下で千絵は立ち止まった。

「ここに来ると、いつもモーツァルトの音楽が聴こえてくるのよ」

「大学で練習をしているんじゃないかな」

銀杏の樹の向こうには大学の建物があった。秋の日の午後で、音楽の練習などありそうだった。

「そうじゃないの。ほら、聴こえるでしょう」

そういわれると、気のせいか清んだ音色が流れてくるようでもあった。

「雀が」

銀杏の樹に居たのか、急に数羽が羽搏《ばた》いて飛び去った。

「いつも居るのよ。この前、看護婦さんと来た時にも居たもの」


「そう、あのあくる日、『元気をよくしたリンパ球』を注射したの。身体が熱くなって、午後中、気持が悪くって、吐気もして、ベッドで苦しくて何度もごろごろしてたら、雀が心配して、窓のところへ来て、中を見てたわ……あのリンパ球って何なんですか」

もともと自分の身体の中にあって、病気と戦うリンパ球という細胞を、一旦、外へ取り出して元気をつけ、また身体の中に戻して、病気と強力に戦わせるようにする治療法だと私は説明した。


「私の病気って白血病なんでしょ」

突然、千絵がいった。

「血液関係の病気だって聞いたけど、詳しいことは知らされていないんだ」

私は、このような場合にいつも感じる苦しさをおしかくしていった。

「みんな知らないっていうけど、でも、白血病だったら死ななきゃならない」

拾数羽の鳥の群れが半円を画いてビルを越えて行った。

千絵はじっと見送っていたが、何もいわなかった。


ホテルの横を通ってくる道と一緒になった坂を下り、谷間のような公園の上に出た。

公園の周りの木々は坂の途中ほどの鮮やかさはない。常緑樹が交じっているのと、日当たりが悪いことによるものらしかった。

登り坂になる帰りを思って引き返そうというと、千絵は不満そうだった。

「この前ここの公園に白い小さい犬が居たの。とっても可愛かったんだ」

自分も犬を飼いたいと何度もいったんだが、母親が、死に別れするのがつらいから飼わないって頑張るので飼えないのだ、という。

「最初から死に別れが悲しいって考えたら何だってできやしないのにね。私だって、結局は死に別れるのだから、そんなにいうなら産まなければよかったのに」

千絵の切れ長の眼には涙が溜まっているようだった。

「死ぬとか生きるとか、誰でも毎日そんなこと考えずに暮らしているんじゃないのかな。そうでないと……」

「そうなのよ、ママって意気地無しなのよ。考えなくても良い事を考えるんだから」

坂を登ると木の葉の間から太陽が細く光って見えた。

「この木の葉が散って、本当に寒くなる頃迄には退院できるかしら。そうしたら、きっと犬を飼うわ。白くて毛が長くて、やんちゃで……」

千絵は明るくいった。つとめてそうしているようだった。

銀杏の樹のところで、本当に楽器の音が聴こえた。

モーツァルトではなく、ブラスバンドの練習らしかった。乱雑なにぎやかさが病院に戻る自分達にとって適切な行進曲だった。

三週間ほどして病院へ来てみると、千絵はもう散歩に出られなかった。

「太陽が出ると烏《からす》が沢山飛んで来るのが見えるの。東京湾の埋立地に行くんですってね」

お見舞の花に囲まれた千絵は、いつも窓に雀が来ることや、退院したら子犬を飼う話を繰り返した。

あくる年、樹々の葉が、また茜色や黄に光を反射している明るい午後、私は錦華坂の上に居た。

千絵はもう居ない。

道路の舗装がし直してあって、坂の名を記した杭もなくなっていた。
どこからかモーツァルトの交響曲が聴こえてきた。

第24話　冷蔵庫

十二月になると卒業生の誰は何を持っているかが話題になります。

下級生が、卒業する先輩から家具や持ち物を譲り受けようというのです。


この地方大学では、ほとんどの卒業生が大阪や東京などに就職して出て行きます。その時それ迄使っていた家具、家財を後輩に譲っていくのですが、わざわざ新任地まで持って行けるような立派なものはほとんどありません。

それどころか何代も伝えられて、それこそ先祖伝来のような古めかしい、きたならしいものも少なくありません。

それでも譲る側は、惜しそうに、いろいろ講釈して勿体をつけたり恩着せがましいことをいったりします。

貰う側も、

「どうせ捨てたって拾う者も居ないのに」

と、内心は思っていますが、先輩のいうことなので神妙そうな顔で聞いています。

中には車などの大物もあります。

もう10万ｋｍ以上も走って、ところどころ少し色がちがう塗料で塗ってあるボロ車ですが、

「これは誰々先輩と何々先輩とが二人でドライブに行って目出たく結婚した」

という有難い話がついていたりします。

こういうのは希望者が多く、獲得するのは容易ではありません。


「おい川村」

順一はぎくりとしました。

薬品メーカーに内定している藤井さんです。

時々「代わりにレポートを書いてくれ」などという難題を持ちかけてくるので厄介な先輩ですが、親切なところも少しあるので、まあ五分五分といったところです。

「ベッドの出物があるんだが、おまえ貰え」

「ベッドは今でも使っています」

「そんなことをいっていいのか。ただのベッドではない。君は知らんだろうが、このベッドを使っていたものは代々、彼女ができた。今四代目だが三代目まではみんなうまくいっ

ている」

「四代目はどうしたんですか」

「今、俺が使っていて四代目だが、今のところできない。だが三月までまだ間がある」

藤井先輩の顔を見ました。

当今、はやりの優さ男とはちがって戦国時代の豪傑のタイプなのです。

(これは無理だ)

と内心思いました。

「私はいいです。今ので十分間に合っています」

「彼女ができなくてもいいのか」

「ええ、まあ」

順一は曖昧にいいました。

それは、彼女ができるに越したことはありませんが、今のベッドに愛着があります。

「ところで、ベッドはいいんですが、誰か冷蔵庫を譲ってくれる人はありませんか」

「冷蔵庫なァ、あれは人気商品だからな。俺んとこには無いし」

藤井さんはちょっと考えていましたが、

「うん、心当たりが無いわけではない、聞いといてやる」

そういうと、ベッドの処分先を探すつもりらしく急ぎ足で行ってしまいました。

「川村さん」

校門の桜の木のところで後ろから明るい声がかかりました。

驚いて振り向くと、稲葉さんです。

「君、冷蔵庫ほしいんだって、藤井さんに聞いたのよ。私のあげるわ」

十人並以上で美人の類に入ると思いますが大柄で、背も高く順一は見る度に圧倒される思いがします。母親が背が低かったからコンプレックスがあるのだと思っていますが、藤井先輩の好みかもしれません。

「あの人は焼き芋でも握り飯でもでかいのが好きだからな。学食のランチは大盛に決まっているし」

順一が考えていると、

「3月10日すぎたら取りに来てね」

そして、明るくニッコリ笑って、誰かの後を追いかけて行きました。

3月12日に古いライトバンを持っている友達に頼んで稲葉さんのアパートに行きました。アパートというと近代的な感じを受けますが新しくもない木造の下宿です。

女性の部屋に勝手に入るのは気後れがしますが、

「空けとくから勝手に持ってってね」

といわれたので、おそるおそる扉を開けました。手まわしよく引越の準備ができていて、紐をかけたダンボールの箱が2個積んであるだけできれいになっていました。それでも化粧品の匂いが残っています。

冷蔵庫は部屋の隅にありました。古びていますがまだ十分使えそうです。ただ冷蔵庫の前に、塀などを作るコンクリートブロックが置いてあるのです。

「よっこらしょ」

と、ブロックをどけて、試みに扉を開けてみると、ちゃんときれいになっています。ただ、扉の磁石が弱っているらしくちょっと手をかけると、すぐに扉が開いてしまいます。実用上は問題ありません。

「きっと用心して扉が開いてしまわないようにブロックを置いたのだろうな」

ついて来た友達がいいました。

「それにしても、大げさじゃないか」

順一が稲葉さんの冷蔵庫を貰ったことは、かなり知れわたっているようでした。

藤井さんは、真面目な顔で、

「何か変わったことはなかったか」

と聞くのです。

「別に、何も」

「ブロックは持って来たか」

「いいえ、どうしてですか」

「いや、いいんだ」

何か訳がありそうです。ブロックのことを知っているのもへんです。

他の友達も、

「あの冷蔵庫貰ったんだって」

と嬉しそうにいいます。

冷蔵庫に関係した何かがあるらしいのです。

でも何もへんなところはありません。


3日目のことです。

部屋に戻ってみると冷蔵庫の扉が開け放しになっていて、夜食に取っておいたバナナケーキが無くなっています。

「あんなものを盗む泥棒なんていないだろうに」

次の日も帰ってみると冷蔵庫の扉が開いていました。何も入れておかなかったので、開いていただけです。

その次の日は試しに冷蔵庫の前に本を積み重ねておきました。ブロックの代わりのつもりです。

そして、いつもより早く、部屋に戻ってみました。

冷蔵庫の扉のところに茶色と白の大きな猫が坐っていました。そして、しきりに前足を、扉と本体の間のゴムの合わせ目に押し込もうとしているのです。


「猫が付いて行ったでしょう」

稲葉さんが笑いながらいいました。

「私の前の持ち主の人、知ってるかな。あの出版者に行った前野さん」

順一はいくらか覚えがありました。

「前野さんから冷蔵庫を貰った時、一緒にブロックをくれたのよ。これを扉の前に置いときなさいって」

そして、初めは何のことかわからないままに、一年間、猫と一緒に暮らすことになったのだ、と話しました。

「大事にしてやってね」

「『猫は家に付く』っていうけど、冷蔵庫にも付くんだな」

飼主が引越しても元の家に居残って新しい家に移ろうとしない猫の話や、火事で焼失した家のまわりを永い間うろついていた猫のことを聞いたことがあります。

でも、こんなことは今迄聞いたこともありません。

猫は、また冷蔵庫の前に坐っています。卒業までの一年間、この猫と暮らすのだと思うと、順一は何か良いことが起こりそうな気がしてきました。

そして、冷蔵庫が誰にも貰われないで残っていた理由もよく分かりました。

第25話　青葉の頃

何度も迷いましたが、弥生は、結局その動物病院を辞めることにしました。誰かに相談すれば止められるに決まっています。それは本当に相談した相手のことを考えてではなく、変革を嫌う人間の本性のようなものらしいのに弥生は気付いていました。今迄、何事でもそうだったのです。

この動物病院では、同じことを何度繰り返しても良くなる見込みはなさそうでした。自分が新しく入ったことで前任の大野さんは危機感を持ったようでした。仕事を取られ、弥生が役立つようになったら自分は解雇されるという恐怖感があるらしいのです。

弥生が仕事をはじめて間もなく、「自分はここでずっと働く。結婚しても続けるつもりだ」という意味のことを宣言するようにいいました。

最初の日から、先生にいわれた仕事をしようとすると、いつの間にか大野さんがやっているのです。もう5、6年も居るベテランなので、先生が今度何を指示されるのかわかるらしいのです。

初めは親切にそうしてくれるのか、と思っていましたが、すぐにそうではないことがわかりました。我慢をしていたのですが繰り返し同じようにされるとたまりません。

時々、切れそうになりますが、自分にできることをやっているだけです。


院長先生に相談に行きましたが、昼休みに、大野さんと弥生に、

「二人で仲良くやりなさい」

と、いわれただけです。


コンクリートで護岸してあって、バターの容器のような感じのする川に沿って行きました。学校の頃、よく通っていた道で、桜の葉が繁って日影を作っています。川の水が少なくなって切り立った壁に近い部分では河床が水から出ています。その少し乾きかけた部分に鳥が5羽集まって水浴びをしていました。

頭に黒い毛のまじった灰色の鳥で、以前から居るのは知っていましたが、はっきり見たのは初めてのような気がします。

水浴びにも順序があるらしく、1羽が水から上がると別の1羽が水に入ります。後ろで見ている鳥や水に入るのがいやな鳥も居るようです。

じっと見ていると見倦《あ》きることがありません。でも、自分が退職したことを就職係の先生に報告に行くのです。学校はすぐ近くですが、何となく足が重く、できることなら、このまま帰りたいのです。


「弥生ちゃん。どうしたの」

就職係、小山先生は卒業前と同じように、にこやかな感じです。

弥生は、動物病院を辞めた事情を話しました。

「よくあることなのよ。もう少し辛抱できなかったかな。毎年、青葉の頃になると、もう辞めるって人がでるのよ。昨日も、あの悦ちゃんが来てね。やっぱり辞めたんですって。忙しすぎて休みが全く無くって、身体が持たないっていうのね」

（いろんなことがあるんだなぁ。私はすることが無くて困っていたのに）

と、弥生は思いました。


「近藤さんも来るのよ」

小山先生はちょっと時計を見て、

「もうすぐ来るわ。話があるんですって。あんまりいい話じゃなさそうだけど」

そこへ1年生の生徒が2～3人、美容のスケジュールのことで相談に来て話が途切れました。

ほんの2年前のことなのですが、あんな風に何の心配事も無く学校生活を送っていたことが夢のように思えます。

（あの頃は『動物たちが人間と一緒に幸せに暮らせる社会を実現するために働こう』と、思っていたのだった）

などとぼんやりしていると、先生が戻って来られて、

「それで弥生ちゃんはどうするの」

「一度、千葉の実家に戻って考え直そうかと思っているんです」

「それもいいかもね。ただね、毎日楽な生活に浸ってしまっては駄目よ。誰だって楽な方に流れて行ってしまうんだから、よほど自分がしっかりしていないとそのようになってしまうよ」

その時、近藤さんが入って来ました。

近藤さんの話はこうでした。

退職した動物病院で自分は美容を受け持つ、という約束で入ったのに、美容のことは全くさせられず、毎日動物舎の掃除と検査ばかり。もともと美容のコースを卒業した自分は

検査は好きではないので、〝辞めようか、と思って相談に来た〟というのです。

「どこか美容専門のところに変われないでしょうか」

「そうねぇ」

小山先生は曖昧にいって、

「今はもう求人の時期じゃ無いから、もう少し続けてみたら。私も探しておくから」

授業の時間で、先生は立って行かれました。

近藤さんと2人で学校を出ました。クラスが違うので、今迄あまり話をしたことはありません。

「もう、辞めちゃったんだって。で、どうするの」

「しばらく家に戻って考えようと思っているよ」

「いい身分だなぁ。わたしはそう簡単にはいかないんだ」

「経済的なことなの」といおうとして弥生は言い方を変えました。

「お家の方のことなの」

「それもあるけど、入院している犬たちも大勢居るし、私が直接手で食べさせないと食べない子犬たちも居るのよ」

「でも、美容をやりたいんじゃないの」

「それはそうなんだけど、だから迷っているの。途中で仕事が切れるのも困るしね」

駅の近くで別れました。近藤さんには婚約者が居るという噂を聞いたことがあります。結婚の費用を貯めているのも何となく分かりました。

もう一度川へ行ってみようと思いました。以前からよく見ている鳥たちなので、何となく仲間内のように感じられます。

「急いで帰ったってすることなんて無いんだ」

鳥たちはまだ居ました。1羽がもう1羽を後ろからつついています。つつかれているのはきっと、さっき水に入るのをいやがっていた鳥でしょう。

よく見ると、3羽は少し小さく、2羽は親鳥で他のは巣立ったばかりの若鳥のようです。親鳥は何とか若鳥に水浴びを教えようとしているのでしょう。さっき見たのは、このようにするのだ、と子供達に教えるためだったようです。

突然「家族」という言葉が浮かびました。

今はこうして何のあてもないけれど、自分にも家族ができる時が来る。

大野さんが結婚しても仕事を続ける、といったことや、近藤さんが結婚資金を貯金していることなどが現実のこととして感じられて来ます。

「こうしてはいられない」

言葉にはなりませんが、身体のどこからか熱いものが湧き上がってきました。

「実家には帰らない。もう一度就職先を小山先生にお願いしてみよう」

弥生はバッグから携帯電話を取り出しました。

第26話　犬の足

　靖子の家の前の通りを週に一度ほど、大型のリヤカーを引いて通る人が居ます。老人というには少し気の毒な年齢です。茶色の日本犬を一匹連れています。上野にある銅像の西郷さんにちょっと似ています。


　庭に犬が居ます。あの西郷おじさんの犬とすぐにわかりました。

「おいで」

　というと眼を細くして寄って来ました。

　ちょうど朝食の時でパンがありました。みみのところをちぎってやると嬉しそうに食べています。

「お前の御主人はどこへいっちゃったの」

　首輪に手をかけて門に出てみると、向こう側の角のところにリヤカーが止まっていました。

　おじさんはリヤカーの向こう側の縁石に腰を下ろしていました。

「こいつがどっか行っちまったんで、どうしたものかと思ってたんだ。おい、シロ」

「シロっていうけど茶色じゃない」

少しぞんざいな口をききたくなる相手でした。

「いいんだ。名前なんてものは符牒《ふちょう》だからな。何だっていいんだ」

シロはおじさんに体を擦り付けています。

「いつも連れて歩いてるのね」

「何しろ一人で家に置いとくわけにはいかないからな」

「家族は居ないの」

「あんたぐらいの娘が居たが、どっか行っちまった」

「どこへ行ったかわからないの」

「わかっている」

おや、と思うような期待とはちがった答えでした。

「男の親が来やがって、ぺこぺこしてお嬢様をいただきたい、などとぬかすから娘に、行きてえところへ行けって、いってやったのよ。何がお嬢様だ」

「結婚したんじゃないの」

「世間ではそうもいうな」

「それで、シロと二人ぼっちになっちゃったのね」

「まぁ、そんなとこだ」

「おかみさんは居ないの」

「昔は居たけどな」

とても昔のことで、もう忘れてしまったよ、などと歌うようにいいながらおじさんは立ち上がりました。座っていたシロも一緒に立ち上がりました。

「じゃあ、またな」

とおじさんは靖子に向かって友達のようにいうとリヤカーを引っ張って歩き出しました。

廃品回収、リサイクルと書いた木の板が取り付けてあります。


また、一週間ばかりして、西郷おじさんに会いました。

リヤカーを引いていますがシロが居ません。

「シロはどうしたの」

「どうしたのって、車にはねられて、足折っちまったんだ」

「それで」

「むこうは立派な背広なんか着たやつだ。こっちはこんなだから、おまわりのやつァあっちの肩ァ持って、こっちがわるいの、道路交通法違反だとかいいやがって、あれは金持ちの味方だな」

「それでシロはどうしたの」

「あんまりおまわりひでェんで、背広が気の毒がって、動物病院の費用は一切持ちますってぃって、今入院してるんヨ」

靖子は、ほっとしました。


シロが入院している動物病院は、聞いてみると近くなので行ってみました。

入口で若い看護士さんにきくと、

「上村さんの犬ですね」

といって入院室に案内してくれました。

西郷おじさんは上村さんというのです。鹿児島に多い姓で、西郷さんに似ているのもそのせいなのでしょう。

シロは包帯に巻かれた足を伸ばして金属製のケージに横たわっていました。

入院室にはほかに猫が二匹入っているだけです。


シロは靖子を見て立ち上がろうとしますが足が突っ張っていて、うまく起き上がれません。

「いいのよ。そのままで。せっかくくっつき始めたところが、また離れちゃうよ」

頭をかかえてなでてやると、舌を出して靖子の手をちょっとなめました。

「覚えているのね」

ほんのちょっとの付き合いですが、わかっているようでした。

西郷のおじさんも、毎日、動物病院が開くとすぐに、そして夕方閉じる前には必ず来て面倒を見て行くということでした。

退院して元気になったシロを連れた西郷のおじさんのリヤカーに時々出会いました。

「やぁ」

おじさんは靖子を見ると汚れた軍手をあげます。シロも一緒に今にも飛び跳ねそうな様子を示します。

公園の楠の木の下で西郷のおじさんがお弁当を食べています。陽光が輝き歯が光っています。

小さな公園で、お昼頃には子供達も幼稚園に行っているので、他に誰も居ません。

遠くからでよくわかりませんが、コンビニのらしいお弁当をシロに分けてやっています。

そして何か話しかけながらプラスチックの蓋にペットボトルから飲み物を入れてやりました。

シロは話にうなずくようにして、喜んで飲んでいます。

帰りがけに見るとおじさんはベンチに横になり、シロはそのすぐ下に寝ています。晴れた日の日課のようです。


西郷おじさんに会いました。

リヤカーのそばにシロが居ません。

「シロはどうしたの」

おじさんは首を振って、

「また具合が悪くなっちまったんだ。足がこんなにパンパンに腫れちまってよ」

と両手の親指と人差し指で輪を作って見せました。両手の指は少し離れていました。

「獣医さんに見せたの」

「あたり前よ」

「で、何だって」

「骨の癌だっていうんだ。骨を折ったとこは完全に治ったんだが、そこから癌ができて来たってことだ」

「骨肉腫なのね」

「うん、そんなこといってた」

骨肉腫は腫瘍の中でも最も悪性で、すぐに転移することを靖子は知っていました。

「肺に行ったら一年も持たないって先生がいうもんだから」

おじさんはそこで黙りました。シロのことを急に思い出したようです。

「それでどうしたの」

「足を一本切り落としたのさ」

つとめて何でもなさそうにいいましたが、泣き出しそうでした。

「三本足になったって歩けるよ。そんな犬、何度も見たことあるもん」

「そうかなぁ。可哀想でなぁ」

おじさんはリヤカーを引くのでなくてリヤカーにつかまって歩いているようでした。


しばらく、西郷のおじさんに会いませんでした。

三月ほどたって、夕方の買い物に出て公園のそばを通るとベンチにおじさんが座っていました。

いつもそばにあったリヤカーは有りません。

ボールで遊んでいる男の子が居ますがベンチの方には近づきません。

おじさんは指に挟んでいる煙草が短くなっているのも気が付かないように、ぼんやりと中空を見つめています。

靖子はシロが死んだのだ、ということがわかりました。
（西郷のおじさんは本当に一人ぼっちになってしまったのだ）
声をかけようと思いましたが、寄せつけない何かがあるようでした。

第27話　鐘撞き堂の猫

湖からつながっている疎水に沿って長い坂をだらだらと上り、それから急な石段を登りました。

見上げると段の切れ目が見えて、その上は空です。もう少しで登りきれそうです。

「あと30段ぐらいかな」

息が切れます。普段から運動不足なのはわかっていますが、そんなことはいっていられません。

一緒に登っている山県《やまがた》さんは平気そうです。

「山ちゃんはタフだねェ」

「私だって苦しいよ」

いっこうに平気そうです。

テストの前でも、もう間に合わない、なんていいながら落ち着いています。

時々いまいましくなりますが、でも、親切で、ちょっと気分が悪い時なんかに、

「知加ちゃん、大丈夫？」

なんて聞いてくれるのは山ちゃんだけです。

やっと石段の上にたどりついた、と思ったら、そこはただ広くなっているところで、さらに石段があります。でも、今度はその先にほんの少しお堂の屋根が見えています。やれやれです。

汗を拭きながら振り向くと、湖が広がっています。

「山ちゃん、湖がきれいね」

立ち止まる口実にいってみたのですが、

「上まで行って見ればもっとよく見えるよ」

なかなか簡単に許してくれません。

二重屋根の観音堂で、『如意輪観世音菩薩が本尊である』と説明板に書かれています。奥の薄暗い中に何やら荘厳そうな仏像がぼんやりと見えます。見ていると御仏の有難味が伝わってくるようでした。

邪念なく手を合わせて頭を下げると願い事がかないそうです。横目で見ると、山ちゃんは、相変わらず真面目に拝んでいます。何をお願いしているのか知りたいのですが、人を寄せつけない厳しい顔をしています。

観音堂から順路に沿って行くと小さな鐘撞き堂がありました。

真宗寺院によくあるような四本柱で真中に鐘が下がっている型のものではなく、たとえていえば竜宮城の門のような形の、四角い小さな鐘楼で、鐘は外からは見えません。扉口からのぞき込むと埃っぽい鐘が下がっています。無論撞木《しゅもく》の引き手の紐もついています。

鐘撞き堂の扉に寄りかかるように猫が一匹座っています。

黒白の大きな猫で、眼をじっとつぶっています。二人を無視していて、身動きもしません。堂々としていて、威厳さえ感じられるのです。

何かいわくがありそうな猫ね、と二人で言い合いました。

誰かに尋ねてみようと見廻しましたが誰も居ません。

そこで、もう一度観音堂へ戻ることにしました。

賽銭箱《さいせんばこ》の前に頭を青く剃り上げた藍色の前合わせの着物―後で作務衣《さむえ》というのだと知りました―を着た坊さんらしい人が居ました。頭がごりごりしていて青光りしています。

「あのう」

坊さんは二人をちらっと見てから、知らん顔で、仏像の方向へ奇妙な手つきで手を組み合わせ、

「オンハドマ　シンダマニ　ジバラウン」

と訳のわからない文句を唱えました。

そして向き直って、

「ところで、御用は何ですかな」

「今、唱えていたのは何ですか」

山ちゃんが大胆に尋ねました。

「真言というものでな」

「どういう意味ですか」

「菩薩様、順円、わしの名じゃが、順円はここに居りまするぞ、とお話ししていたのじゃ」

山ちゃんは感心しました。

「私も菩薩様とお話しできるでしょうか」

「それは修行次第ではな」

坊さんは勿体をつけていいました。

「ところで、あんた方は真言のことを聞こうとされたのかな」

「いいえ、ちがいます。猫のことです。鐘撞き堂のところに居る大きな猫です。あれはここで飼っているのですか」

「あの猫に気が付きなさったか。ここは寺だからの。猫に魚をやることはできん。それにここの大僧正様は猫がお嫌いじゃ。飼うわけにはいかん。勝手に居るだけや」

「餌はどうしているのでしょう」

「どこぞへ行って探して来るのであろう。餌のことは別として、あの猫は大師様が当山においでの頃からずっと居るということじゃ。千年以上も前からであるから無論あの猫ではないが、その親のまたその親ということで、今おるのが百二十七代目ということじゃ」

何かへんだと知加は思いました。大体お坊さんは法螺《ほら》吹きみたいです。百二十七代なんて天皇みたいです。一体誰が数えたのでしょう。

「それればかりではない。今から百年ばかり前皇太后陛下ご来臨のおり、御自ら名前を付けていただいたのじゃ」

「何という名前ですか」

「吉野というのじゃ」

「そんな昔のことどうして知っているのですか」

「これはみんな言い伝えでな」

山ちゃんは真面目に聞いていますが、知加は何だか馬鹿らしくなってきました。

（どうせみんな嘘に決まっている）

三重塔の横を通った時、あの猫が台座の石に寝ているのが見えました。

金堂の前の広場から坂を下り、仁王門を出ました。どうも順路を逆に廻ったようです。

暑い日です。

「のどが渇いたね」

と、二人で同時に同じことをいいました。飲み物を売っている店を探しましたが、竹藪や石の塀ばかりです。

里坊《さとぼう》というのでしょうか、何となくお寺めいた建屋が続いています。

何軒かそうした家が続いた後で小さな駄菓子屋風の店がありました。

オレンジジュースを飲んで一息入れてやっと人心地がつきました。

何気なく見廻すと、缶ジュースにまじってキャットフードの缶詰が並んでいます。

「こんなところに猫の餌を買いに来る人が居るのかなあ」

知加は独り言ともつかず、感想を漏らしました。

棚の品物を並べていたおばさんが聞きつけて、

「お坊さんが買ってくださるんです。観音堂へ行かれました？」

二人がうなずくと、

「じゃあお会いになったでしょう。順円さん。あの頭が青くてごりごりしたお坊さんが時々買いに見えはるんです。黒白の大きな猫を飼っていらしてね。とても可愛がっておいでなさってなあ」

「あの大師様の猫ですか、百二十七代目の」

「いつもそんなことをいって、皆を笑わせている面白いお坊さんなんです。でも本当は疎水のところから順円さんが拾って来たんだっていうてはります」

「魚はお山の上ではやれないっていっていいましたけど」

「まあ、それは表向きの話でしょう。だって順円さんの猫のことは皆さん御存知です。でも大僧正様や阿闍梨《あじゃり》様は御存知ないかもしれませんがなあ」

第28話　人工動物

悠里が病院へ薬を取りに行くのは自分が病気だからではありません。母の血圧の薬です。二度に一度は代理で行きます。

内科の外来の窓口で処方箋を貰い会計で料金を支払うのです。大勢の人が同じように待っています。

見るからに胃腸が悪そうな人。交通事故かなにかで、頭に包帯をぐるぐる巻き付けている中学生に母親らしい人が付き添っている組合わせなどさまざまな人が待って居ます。点滴の瓶が下がっている車輪付の柱を押して歩いている入院患者さんも通りかかります。

それにしても、こんなに大勢の病気の人が居るなんて不思議です。町を歩いていても、くしゃみぐらいしている人はいますが本当の病気らしい人はほとんど見かけません。

それなのに会計から名前を呼ばれるのを待っている人が百人以上もいるのです。次々に名前を呼ばれ、支払いをして出て行くのですが、また次々と新手が加わります。

「一時間以上お待ちの方はお申し出ください」という掲示がありますが、五十分ぐらい待っているのはざらなような気がします。ほとんどの人は所在なげに天井を見たり、壁に貼ってある病院の規則を読んだりしています。

待合室の真ん中に太い柱があり、その前に熱帯魚の水槽が置かれています。長い鰭《ひれ》を引きずるようにエンゼルフィッシュがゆっくり泳いでいます。

悠里は自分も以前に熱帯魚を飼っていました。今は飼っていませんが、それでも好きなので、遠くから見ていました。

じっと見ていると何かへんなのです。泳ぎ方も、水草に体をすり付けるしぐさも自然なのですが、何か引っかかるものがあります。

そばへ行って見ました。

ガラスに沿って細かい泡が上がっています。しかし、目を凝らして見ると、その向こうはテレビの画面なのです。つまり、魚が泳いでいるビデオの映像で、その前にガラスの仕切があり、水が入っているので泡は本物なのです。

台の角のところの金属プレートに家電メーカーの商標と「魚の国」という名称が書かれていました。

金属製の犬が居ます。台の向こう側で係の人が説明しています。

「こうやって頭をなでると」

といって手のひらで軽く頭をなでます。

「そうすると、うれしがって尻尾を振ります。ほら振るでしょう」

西洋の鎧《よろい》を着た犬のようなものは、折れ目の付いた尻尾を左右に振りました。

「叩くと怒るんですよ」

そこにあった細い竹の棒で、無論加減して叩くと、犬は顔を少しあげ、目を赤く点滅させ、口を半分開いて怒りの表情を示しました。

「この犬はメイラっていう名前ですが、呼ぶと来ます」

そして、犬を持ち上げ、少し離した場所に、後ろ向きに置き直して、

「メイラ、メイラ」

と呼びました。

すると犬は、向きを変えてこっちを向き、呼んだ人の方へ歩きはじめました。少しぎくしゃくしています。そして、その人の前でお座りをしたのです。

それまで、こんなものかと思って見ていた観衆の中に動揺が起こりました。


「どなたか呼んでみていただけませんか」

係の人が如才なくいいました。

「メイラ」

思わず悠里は呼んでみました。こんなところで声を出すなんて自分ではないみたいでし

た。それだけ驚きが大きかったのです。

犬は立ち上がってまた向きを変えて、悠里の方へ、すたすた歩いて来ました。

「止まれ」

というと、立ち止まり、ちょっと考えるようでしたが、お座りをしました。次の命令を待つ姿勢です。

「何かいってみてください」

「お手」

犬は手を出しました。

「ワン」

すると犬は大きな口を開け、不釣合な可愛い声で、

「ワン」

といいました。

周りの人から笑い声が上りました。

「もう集合住宅で犬が飼えない、という悩みは無くなりました」

実演販売の結びの言葉なのでしょう。

「いつも留守がちの方でも、御家族の中に犬がお嫌いな方があっても、もう大丈夫です

「……」

悠里は何だかへんだと思いました。犬のロボットの説明の口上はまだ続いていましたが悠里はその場を離れました。話に悪いところはないのです。でも何か腑に落ちないのです。

「動物を飼うということは、生命に対して責任を持つ、ということだ」

と父にいわれたことを思い出しました。動物ばかりでなく、生命のあるものは何でも同じだ、といいたかったようです。

もう十年以上も前、小学生の頃、十姉妹を飼いたいといった時の言葉です。

「ちゃんと面倒がみれるかどうかだ。みれないなら飼わない方がいい」

それでも押し切って2羽の小鳥を飼いました。

餌や水を切らさないようにとか、青菜をやるとか、毎日となると大変でした。でも、それだけに可愛く、学校から帰ると真っ先に鳥籠のところへ行きました。

その後犬を飼いたいと何度も思いましたが、あの小鳥と別れた時のことを思うと、もうずっと決心がつかないでいます。

金属製の犬はどうでしょう。

確かに遊び相手になってくれそうです。しかし、自分が何をしてやれるのだろう。毀《こわ》さないように大事にすることが全てであるのならば、それはとくに犬の形をしていなくてもいいように思えます。餌をやるために出先から駈けて帰ったり、体の調子が悪そうで心配したり、治って喜んだり、ということで親密感も生まれるのではないだろうか。

病院の待合室で、あの「魚の国」を見ました。中の魚たちが珊瑚礁の魚に変わっています。チャンネルを切り換えるようにして変えることができるのでしょう。チョウチョウウオやソラスズメダイ、クマノミなどが泳いでいます。それなりに美しく、装飾品としては動かないものよりもいいように思います。

「あのう」

悠里がじっと見ているのを見てか、隣で待っていた小柄で本当に顔中しわになってしまったお婆さんが声をかけてきました。そして、

「このようなものが好きか」

という意味のことを不明瞭な言葉でいいました。

どう返事をすべきか迷っていると、

「こういう拵《こしら》え物は私はあまり好きじゃないのよ」

お婆さんは悠里の反応を確かめるように顔をのぞき込みました。眼が悪いのかもしれません。

「ここは病院だからそんなことといっちゃ悪いけど、生き物は何でも死ぬから美しいし、少し悲しいし、だからなお素晴らしいと思うのよ。造花なんていくらよくできていても、ちっとも綺麗じゃないですもんね」

お婆さんは眼をしばたたかせました。遠くのものを見ているようでした。

「やっぱり犬を飼おう。たとえ別れる時がいつか来ても、自分たちだけのことなのだから、生きている間精一杯大切にできるならばそれで十分なことだし、それに仲間ができるなんて、本当に素晴らしいことなんだ」

悠里には明るい未来が見えてくるような気がしました。そしてどんな犬に出会えるかと思うと、胸が熱くなりました。

第29話　田舎の犬

「いいか、犬が今のような都会の狭いところで飼われているのはかわいそうなんだ。ストレスも大きい。広い田舎で思う存分駆け回って楽しく生きさせる。そうすれば飼い主だって広々とした心になれるというもんだ。そこのところをうまく読者の共感を得るように書き込むんだ」

デスクの岡野さんは自分で納得するように、なんどもうなずきながら由佳理にいいました。

由佳理も本当にそう思います。

「都会で飼われている犬はかわいそうだ」

そして広い青い空の下で、野原を疾駆している犬を思いました。被毛も尾もたなびいています。大地はどこまでも続いています。

デスクというのは編集部の窓口のようなものですが、この小さな出版社では、岡野さんは事実上の編集長を兼ねています。

「あまりにも、都会化した人間は、おのずから自然に回帰したい願望を持つものだ」

というのが持論で、常に自然の中にあるのが人間で、ビルの谷間に棲息しているのは仮の姿である、というのです。

話を聞いていると、洞窟に住んで、木をこすり合わせて火を起こすような生活が本当の人間だ、という結論に達しそうですが、さすがにそこまではいきません。

由佳理はフリーライターで、聞こえは良いのですが、手短にいえば新米のアルバイト記者です。

毎回、次の号の特集が決まると、そのうちのテーマの一つか二つを背負わされて、取材をし、記事を書きます。

資料を集めるのは市立や大学の図書館を廻ったり、古い新聞の山の中から発掘したりして解決しますが、専門家の意見を直接聞くところが容易なことではありません。

インタビューするのに適切な人はどんな人なのか、何を聞き出したらよいのか、それこそ雲を掴むような気持ちになることも少なくありません。

今度の特集のテーマ「田舎暮らしをして犬を飼おう」にしてもそうです。犬を田舎の広い野原で走らせる専門家なんて居るのでしょうか。

デスクにそのことをいうと、

「犬を走らせる専門家は居なくても、犬の専門家は居るだろう。犬の雑誌社の編集部に電話をして聞いてみるんだ」

というのです。その上、

「頭は生きているうちに使え」

と余計なことまでいいます。


「ちょっとへんだ」

と由佳理は思いました。犬の専門家といっても繁殖の専門家、遺伝の専門家、栄養、病気、訓練などそれぞれに専門家がいるはずで、ただ専門といっても簡単ではありません。

そのことを聞いてみると、

「どれでもいい。あとは運だ」

というのです。

とりあえず大学の卒業生名簿を頼りにして、先輩らしい人が居る雑誌社に電話を掛けてみました。

紹介されたのは大学の先生で、犬のいろんなことに詳しい、という話でした。

研究室に訪ねてみると、背の高い、分厚いレンズの眼鏡で、痩せた神経質そうな先生でした。由佳理は一目見て、

「相手が違ったかな」

と思いました。

そして、田舎で犬を飼うメリットについて意見を求めると、案の定、

「それは意見を聞く相手が違うようだなぁ。ぼくのところは古代の犬と現在の犬との骨格を比較しているので、飼うとか、行動とかとは、全然、別なんでね」

由佳理が困ったような顔付きをしたのでしょう。その先生は気の毒がって、

「誰かそういうことを知らないかな」

といいながら手帳をめくっていましたが、

「そうだ、山口ならいいかもしれない」

といって、名前と電話番号を教えてくれました。


電話に出た相手は明るい声でした。

由佳理が、自分が尋ねたい内容をいうと、

「何も意見なんてないな。私の専門は犬の病気だから、来てもらっても希望されるような話はできそうもないね」

と、いうのです。でも、デスクは、

「何か聞こうとすると、大抵の人は意見なんてないっていうもんだ。そこで、はい、そう

ですか、では記者は務まらない。押しを強く、質問はこっちで考えますから答えていただければいいい、っていうんだ。オレの若いころは……」

　由佳理もデスクにならって相手にそのようにいって面会の約束を取り付けました。

　事務所に訪ねると、電話の相手の山口さんは思ったよりも年配でした。でも重々しい感じはなく、話し易そうで内心ほっとしました。

「何を話したらいいのだろう」

「質問事項がありますので、お答えいただきたいのですが」

　由佳理はバッグからノートを取り出しました。昨夜遅くまでかかって考えたのです。

「都会ではストレスが多いので犬の寿命は短いと思いますが、田舎では何歳くらいまで生きられるのでしょう」

　山口さんはきょとんとした目付きで由佳理の顔を見ました。

（どうしたのだろう。自分は何かへんなことをいったのか）と思いました。

「あのね」

　相手は、

「君は、犬についてどのくらい知っているのか知らないけれど、犬は都会で飼われている方がずっと長生きなんだ。その理由はだね……。都会では家の中で飼われている犬が多いし、そうでなくても直接地面の上で飼われていることは少ない。そこに原因があるんだな」

由佳理は頭をガーンと殴られたような気がしました。

デスクや自分が思っていることと、全然違うではないか。

「田舎では地面の上で飼われることが多いが、そうすると、いくら掃除をしても排泄物などが染み込んで蓄積され、病原菌などの温床になってしまう。そこで病気が起こりやすくなるんだ」

もう何を説明されているのかよく分かりません。ノートを取っているふりをしていますが、何とか態勢を立て直さなければと思いました。

犬は田舎で飼われる方が幸せなのだという結論に持って行くのには、どうしたらよいのだろう。

原稿の締切まで、あと2日しかありません。

「田舎の犬に比べて都会の犬がかかりやすい病気はありますか」

「栄養過剰と運動不足だろう。そうだな、寄生虫も減っているし。住宅地ではネズミも少なくなっている。こと病気については不利だな」

そこまでいって山口さんは由佳理が困っているのに気が付いたようでした。

「話に水を差すようで悪いけど、物事には何でもメリットとデメリットがあるものだ。田舎だから良く、都会は悪い、というようなことはない。田舎にはこういういい点もあるが、悪い点もあるっていうもんだ。確かに広い野原で、夕焼けの空の下を犬が駆けて行く、なんて想像しただけでも素晴らしいけどね。そういった映画のラストシーンにふさわしいこととって、現実にはむずかしい。メリットは十分運動が可能ってことぐらいかな。そういったことを踏まえて田舎で暮らしている犬の写真を多く入れて、文章を少なくする構成にしたらいいんじゃないだろうか」

由佳理には突然分かりました。頓悟というのでしょうか。

理想、憧憬、夢と現実には差があること、広い大地を疾駆する犬は理想というもので、たとえ現実にあっても、それはその犬の生活の一部でしかない。

それをどうやってデスクや一般読者に美しく伝えるか。

まだ眠れない夜は続きそうです。

第30話　研修旅行

十月の半ば頃に研修旅行があります。そのことを思うと智子は少し憂うつな気分になります。

別段、研修旅行が嫌なのではありません。研修旅行といっても、いわば観光旅行で、この犬猫の美容と看護の専門学校では大型のペットショップを見学したり、動物園、水族館を見て廻ったりです。とくに感想文や報告書の提出もなく、友達と楽しく過ごせばよいのです。

それはそれでよいのですが憂うつになる理由は別にあります。

二年生になった今年の四月に、

「秋の研修旅行が終わるとすぐに校外実習、それから就職活動、そして卒業もすぐよ」

と学年主任の先生にいわれたのです。

その時はまだ先のことだ、と思いましたが、研修旅行という形で現実が迫って来たのです。

学年主任のいわれた言葉が次第に心に重くのしかかってきました。

「他人に使われることって大変なのよ」

母はいつもいいます。

「あなたのような我儘娘を使ってくれるところなんてあるかしら」

（自分はそんなに我儘じゃない）

智子は二、三の同級生を思い浮かべました。しかし、本当に自分が我儘でないかどうかは自信がありません。自己採点は甘いものだということぐらいは知っています。

就職をして社会へ出る。その決定をしなければならないのが研修旅行から帰って来た時なのです。

もう少し先へ延ばせたらなあ、というのが偽らざる気持ちです。

観光バスは最初の見学地の大型ペットショップに到着しました。ここでは開店前の準備や、商品の並べ方、従業員の日常業務などを見ます。

まだお客さんの居ない店内は何となく寒々とした感じです。配置換えをするために完全に何も置いていない棚もあって、不思議な気がします。

空色のユニフォーム姿の店員さん達が熱帯魚の水槽の間を動き廻っています。水の状態を調べている人や、すっかり魚を別の容器に移して掃除をしている人が居ます。

あんなふうに自分もできるのだろうかと、ちらっと思ったりします。

鰐《わに》が魚になったような奇怪な姿の肺魚も居ます。キラキラ輝くネオンテトラも群をなして泳いでいます。でも職業として世話をすることを考えながら見ると、興味や美しさも半減するようです。

「何かちがうよね」

一緒に見ていたマサエが、ぽつんといいました。

教室一の呑気者ですが、やはり就職のことを考えているのでしょう。

事務所に通じる扉が半開きになっていました。さっき店の説明をしてくださった店長さんが、自分達と同じぐらいの若い女子職員に、何か強い言葉でいっているのが見えました。説明の時の優しそうな様子とは打って変わったきつい調子です。女子職員はうなだれていました。

無意識に見てはいけないものを見てしまったようです。マサエも同じように思ったのでしょう。二人で急いでその場を離れました。

「就職をしたら学校に居るようなわけにはいかない」

とよくいわれますが、現実を垣間見たような気がします。いつも感想の多いマサエも黙っています。

「卒業なんてしたくないな」

と思いました。

高速道路を走るバスの中は宇宙空間を象徴するかのような鋭いリズムの音楽が流れていますが、そのわりに盛り上がりに欠けているようです。

「卒業のことを考えているのは自分だけではないのだ」

ということが伝わって来ます。

次の日はマリーンランドでイルカやアシカの調教などを見ます。

皆から少し遅れて硝子張りの廊下を下りて行くと、もうイルカのショウが始まっているのが見えました。

細い体つきのカマイルカが三頭、一斉に水から跳び上がり、空中に大きな弧を描いて水中に跳び込みます。

水中でも同じように半円状に泳ぎ、再びジャンプします。三度、四度と同様のジャンプを繰り返します。

目を瞠《みは》るスピード感と動きです。

向こう側の上の調教師の男の人が合図をすると、イルカはジャンプをやめて水槽の中の回遊運動に変わりました。それでも目にも止まらぬ速さです。


頭の動きが止まっている自分に智子は気が付きました。スピードと力に魂を奪われてしまったのです。

次に牡丹の花の色のウェットスーツの女性の調教師が正面の台に上りました。長い髪を後ろで結んで長く垂らし、調教師というよりおねえさん、という感じです。


台の上でおねえさんは片手を挙げました。伸ばした手が少し外側に反っているのが若々しく見えました。

それが合図なのでしょう。一頭のアシカが後ろの通路からよたよた出て来てプールに跳び込みました。同時に調教師のおねえさんも跳び込みました。

立ち泳ぎでプールの中央に止まっているおねえさんの周りをアシカは嬉しそうにぐるぐる廻っています。

時々近づいておねえさんに鼻を押し付けます。好きで好きでたまらないといった表情です。

おねえさんが両腕で胸の前に輪を作りました。アシカは下からその輪をくぐり抜けて、体を反転させて素早く水に潜りました。と、アシカは急にすぐそばに頭を出し調教師のおねえさんの頬にキスしました。

おねえさんもニッコリです。

大きな拍手が一斉に起こりました。智子は拍手も忘れて見とれていました。

アシカとおねえさんは互いに支え合いながらプールの中央を輪をかいて泳いでいます。おねえさんの軽やかな泳ぎと身のこなし、アシカとのコンビネーション、優しそうで凛とした態度が心に残りました。

「どうしたら、あんなんになれるのかなあ」

マサエがいいました。

まだ、ショウの余韻が残っています。今ここでそんなことをいうのは無神経だと智子は思いました。


帰りのバスでは、もう皆疲れて、ほとんどの人が寝ています。

智子ももう動きたくないと思いますが意識ははっきりしていました。

いつの間にか卒業したくないという気持ちが無くなっていました。それよりも、もう何かしなくては、という気持ちが心の中に満ちてきています。

とても、あの調教師のおねえさんのタレントのような仕事には向いていませんが、社会の役に立てるような、できれば、いつかは人の感動を誘うようなそんな仕事に就いてみたいと思うのです。

マサエはぐっすり寝込んでいます。この人のようにはなれない、と智子は思いました。

第31話　鯨を食べる

「どうして鯨を食べなければなんないのかなぁ」

朝刊を読みながら娘の友子がつぶやいていた。

「他に食べるものがいっぱいあるのにさ」

「それはそうだ」

と晋一は思った。しかし、黙っていた。鯨を食べる習慣がわが国にあることをいって聞かせてもしかたのないことだ。そして、第二次大戦直後のあの塩鯨の小間切れが入っていた味噌汁の味を思い出した。スポンジ状の切れ端は、独特のくさ味と、舌触わりで、簡単には喰い切れないものであったが、その時代ではそれなりの食物でもあった。

戦後、直後の混乱期では動物性タンパク質の供給源として鯨は重要であった。終戦の2年後の昭和22年には食肉の供給量の40％以上であったことを晋一は知っていた。その頃隆盛をほこった捕鯨会社が今でも水産会社として存続している。

戦後爆発的に人気を集めたプロ野球でも本塁打賞に次ぐ三塁打賞には鯨の缶詰が贈られていた。三塁打が出るたびに、

「三塁打賞として南氷洋の香り高い〇〇印の鯨の缶詰が贈られます」

というアナウンスが球場内に流れた。

娘が会社へ出て行った後で新聞を取り上げると、「調査捕鯨は正当だ」という見出しが目に入った。さっきいっていた鯨を食べることへの感想はこれによったものにちがいなかった。

反捕鯨国の、日本などいくつかの捕鯨国が調査捕鯨という名の下で、食用の捕鯨を行っている、という非難に対する反論である。

それには調査捕鯨に対する正当性がいくつも挙げられていたが、何でも自分の正当さを主張する時はこの程度だと思えるもので、すべての読者を納得させる内容はなかった。何よりも「科学的に」と正当性を強調しているが、反対している人々の多くは愛護精神に燃えて、「鯨がかわいそうだ」といっているのである。

そのことを思った時、晋一は今日、大学で、動物愛護団体の人々と会う約束があるのを思い出した。実験用動物の福祉委員会の委員長をしているのである。

動物愛護団体から会見依頼を受けるとそろそろ選挙が近いのかな、と思う。どんな利点があるのかはわからないが、実績作りの一つになるらしかった。

三人の30～40代の女性が来訪者だった。その中で最も年長者らしいベージュのスーツに金ぶちの眼鏡の人がリーダーらしく、小さなノートを開きながら、

「こちらでは、前回おうかがいした時、動物舎があまり清潔でない印象を受けましたが、改善されましたでしょうか」

と話を切り出した。きちんとした返事をしなければ許さないぞ、という響きが言葉の中にあった。

「何分にも建物が古いものですから、新しく建てた所のように見た目にきれいにはなりません。しかし、ラットとマウスの棚はすべてアイソラック、おわかりでしょうか、フィルターを通した空気を送り込む棚ですが、その中で飼育しています」

三人はうなずき合っていたが、一人が、

「犬はどのようにして飼っているのですか」

「犬は今飼っていません」

「今とおっしゃると、飼う時もあるわけですね」

「なるべく飼わないように指導しています。飼う場合は動物病院の第二入院室を使用するようにしています。入院室ですから環境は良いと思います。御覧になりますか」

施設を見るのは後で、ということになって、動物の管理状況についての質問があった。

「実験動物の取り扱い、管理指針はどのようになっていますか」

年長者のリーダーが質問してきた。

晋一は用意してあった冊子を三人に配り、

「これは動物実験を計画し、実施する際に遵守すべき事項をまとめたものですが、動物福祉の観点からも適正に……」

三人はまたうなずきながら聞いていたが、よくわからないらしかった。しばらくして、一人が、

「要するに短くいえばどういうことでしょうか」

と口をはさんだ。

「つまり、動物達に苦痛を与えることを最小に止めようということです。そうしなければ実験そのものもうまくいきません」

三人は解放されたように安堵の表情を浮かべた。

話が途切れたが突然、今迄黙っていた三人の中で髪を茶に染めた年令も中間と思われる人が口を開いた。

「鯨を獲ることについてどのようにお考えですか、こちらの大学にも調査捕鯨の委員が居られるとうかがっていますが」

「確かに委員は居ますが、最近本人から聞いたことはありません。以前、資源的には問題はない、といっていました」

いってしまってから晋一はまずいことをいったと思った。

「私共が申し上げているのは資源がどうとかいうことではございません。どうして鯨達にそんな苦痛を与えなければならないのか、ということです。調査に名を借りて鯨を殺すことが許せないのです」

来訪者達は、実験動物の福祉よりも、そのことがいいたくて来たようであった。

「それはそうです」

晋一は曖昧にいった。どう対応すべきか準備がなかったのである。

「あの、鯨を獲ってどうするのですか」

突然、黄色いセーターにブレザーを着た女性がたずねた。30代と思えるが随分若く見えた。

（この年代では日本中が鯨を食べて動物性タンパク質を補った時代は知らないだろう）

と晋一は思った。

「食べるのですよ」

「食べるって……」

「ヒゲクジラの背肉、腹肉はステーキにしておいしいし、刺身にしても食べます。尾肉は、まあロースといえるでしょう」

三人は、まあ、という顔であった。

「マッコウクジラの皮脂は、コロというんですが、関西では〝おでんだね〟に欠かせないんです。他に鯨のハム、ソーセージにもなり、日本人の食生活に深く入り込んでいるのです。皆さんも知らないうちに食べておられると思いますよ」

鯨が食べられていることはわかったが、他にも食べるものがあるのに鯨を捕獲することは愛護の精神を踏みにじるもので調査捕鯨は今後、必ず中止するよう働きかけてほしいといって、三人は意外とおだやかに引き上げて行った。


夕食時にめずらしく友子も帰って来ていた。晋一は愛護団体が鯨の捕獲中止を訴えて来た話をした。

「しかし、鯨もあれだけ大きい図体だから随分食べるのだろうな。何しろシロナガスクジラは30mぐらいあるんだし、マッコウクジラだってその半分はある」

「鯨が食べる魚の量は日本の漁獲量全体の10倍以上だって書いてあったわ」

だから鯨を獲って数を減らせば人間にまわってくる魚の量が増えるというのだろうか。

「鯨って人類の歴史以前から居るのだし、食べる魚だって、それが漁業資源だなんて人間が勝手にいいだしたことでしょ。今の漁業だって鯨の食べ物を一部横取りしているだけどゃないの」

「新聞記事に対する反論としてはあなたのいうことは正しいと思うけどね」

晋一は思った。

もし、あの戦争直後のような食糧難に出会ったら同じことをいっていられるかどうか、それは全くわからないことだ。

第32話　入学試験

面接だけだということはわかっていても、入学試験ともなれば、やはり落ち着きません。

「はっきりと言うべきことを言えばいいのだから」

と何度も言われています。

その「言うべきこと」もちゃんとマニュアルがあって、その通り言えばよいのですが、その通り言えないことだってあると思います。

由美子にとって不安の種は、自分はあまりすらすらと話ができるタイプではないのを知っていることです。

もう一つ、マニュアル通り、といっても、毎年やっているのだから、その通りやったら、かえって試験官の心証を悪くするのではないか、ということです。

高校の先生は、

「推薦状もちゃんとしておいたし、成績も精一杯良くつけておいたから、あとは当日ちゃんとやるだけよ」

と言ってくださっているのですが、受験する当人にとっては、何でも心配なことばかりです。

受験生の待合室は3階の教室でした。由美子が入って行くともう半分以上の座席は埋まっていました。

一緒に受験するはずの大野さんを目で探すと、一番後ろの隅の席でコピーのようなものを読んでいます。

視線に気付いたのか、ちょっと顔をあげて由美子を見ましたが、その目は、

「今、忙しいんだ」

といっているのがわかりました。

他の受験生もノートを広げていたり、口の中で何かを唱えたりしています。

空いている座席に座って自分もその仲間に入ることにしました。

面接は4人一組で行う、と係の人が言い、その順番が書かれている紙が貼り出されました。

由美子の組は2番目で、4人の内の3番目です。何でも早い順番の方が良いといわれますが、自分でどうなることでもないのでしかたがありません。大野さんは前の組で2番目です。

しかし、考えてみると、大野さんも同じマニュアルを持っているはずです。だから、き

っと「はん」で押したように同じ文句を言うのではないでしょうか。

そうかといって、もう別の文句を考える余裕なんてありません。

いくらかでも違う話にしようと思っても、元が同じなので、結局は同じことになってしまいます。

前の組が出て行くと、もうすぐに由美子達の組が呼ばれました。

階段の途中で戻ってくる組とすれ違う時、大野さんは由美子の方を見てVサインです。うまくいったということなのでしょう。さっきとは別の人みたいです。

試験官は3人でした。真ん中に居るのが男の先生で、両側に若い女性の先生が座っていました。

受験生は全員緊張しています。

「では一番はじめの岡田さん、この動物の専門学校を受験しようと思った理由を説明してください」

男の先生が言われました。

「はい」

大きな声で、今まで抑えていたものが一度にほとばしり出たようでした。

「私は子供の頃から動物が大好きで、いつも犬と一緒に暮らしていました。中学生の時その犬が自転車にぶつかって、ひどいけがをしました。その時、倒れている犬のそばで何もしてやれない自分がとても歯がゆく思えました。それで高校を出たら動物看護士になろうと決心しました」

由美子はびっくりしました。

この岡田さんという娘は、たしか新潟県から来たと言っていました。

それなのに、文句が自分のマニュアルと全く同じなのです。

「何もしてやれない自分を歯がゆく思いました」

なんて、一体、誰が思いついた文句なのでしょう。

「うん、うん」

試験官の先生は、心なしか、笑いをこらえているようです。

「他にも、ここのような動物看護士の専門学校がありますが、この学校を選んだ理由を述べてください」

試験官の先生は穏やかに言いました。

「はい、貴校の学校説明会に参加した時先生方が皆明るく、親切でとてもよい雰囲気でした。また、カリキュラムも充実していて、実習も多く、自分が将来目指している動物看護士になるために最も適している学校だと思ったからです」

由美子はもう聞いていられません。

自分が全く同じ文句を繰り返すなんてとてもできないことです。そして、前の組でもきっと同じことを言った人が居ただろうと思うと、自分が恥ずかしくなるほどです。


どうしようと思っているうちに由美子の番になりました。

「どうして動物看護士になりたいのですか」

「あの」

自分でもあがっているのがよくわかりました。

「犬が好きなのです」

そう言ってから、もう破れかぶれです。

「犬と一緒に仕事がしたいのです」

「犬って、お宅で飼っている犬ですか」

「はい、それも好きですが、犬なら何でも好きなのです」

いつもよりも滑らかに言葉が出ました。

「ひとりっ子で友達が居なかったのです。それで、いつも犬と遊んでいました。そればかりでなく、よその犬も好きなのです」

自分でも支離滅裂に答えているうちに時間が過ぎました。

控え室を通らずに外階段からエントランスに出ます。

そこに大野さんが待っていました。

「どうだった」

「自分はうまくいったのよ」

という自信が言外に読みとれます。

「だめだった。だって前の人が、私が言おうと思っていることを先に言っちゃうんだもん
……それで、あの歯がゆい思いっていうの言ったの」

「当然よ、だって他に言うことなんてないもん」

自分とは神経が違うな、と由美子は思いました。

「ここはいいよね。通学にも便利だし」

もうすっかり合格した気分です。


由美子は試験官の前で話したことを思い出してみました。

「どうしてこの学校を選びましたか」

という問いに対して
「家から近いからです」

と答えたのですが、馬鹿なことを言ったものだと思いました。どうしてこの学校が先生

も校舎も明るくて、自分がとても気に入っている、と言わなかったのだろう。それは本当に自分がそう思ったことなのです。

思い出せば出すほど自分の足りないところが見えてきます。

家に帰っても、自分の間抜けさばかりが思い出されます。

膝に乗ろうとポメの花子が寄って来ますがそれどころではありません。

「そんなに心配ならもう一つ別の学校に願書を出したら」

と母に言われて由美子もその気になりました。

出身校へもう一度調査書を作ってもらいに行きました。

「大丈夫よ。発表までは誰でもそんな風になっちゃうけどね」

事務の小母さんに笑われました。

家に戻ると郵便受けに受験した専門学校からの封書がありました。

合格の通知でした。

第33話　権五郎

長谷の大仏を見物して江ノ電の駅に向かって歩いて来ました。

江ノ島電鉄というのが正式な名称なのですが、そんなことは誰もいいません。みんな江ノ電といっています。だいたい、電鉄という文句だって、元を正せば「電気鉄道」とかいうのでしょう。

大仏の境内から出てすぐ、ソフトクリームを買いました。ヒロコがどうしても食べたいというのです。何種類かありましたが、知子は抹茶のにしました。大仏にふさわしいと思ったからです。

長谷寺へ曲がる道を過ぎたあたりに、御霊神社への矢印がありました。

鎌倉権五郎《ごんごろう》を祀ってある神社です。はっきりした理由はありませんが、以前からその名前が記憶の中に残っていました。それ以上のことは何もわからないのですが、兎に角、行ってみることにしました。

右に折れて住宅街を行くと、やがて森につき当たります。

そこが御霊神社でした。

入口があるのですが、そこは横手で、鳥居のある正面に出てみました。神社は鳥居をくぐって入るものだと小さい時から教えられています。


鳥居の前をなんと江ノ電の路線が横切っています。何か有難味が失われているようです。きっと、鎌倉権五郎という人は物事にこだわらない人だったのでしょう。

神社の森も、高い杉の木が囲んでいる、いかにも神様が宿っているような森ではありません。明るい照葉樹が社《やしろ》を囲んでいます。

太い銀杏の樹がありました。見上げると横に張り出した枝が払ってあって、太いアスパラガスのようです。


そのまわりに空が見えました。

鳶《とび》が舞っています。大きな輪をかいて廻っているのでしょう。見えるのはその一部だけです。

鳥居の前の道を下って行けば由比ヶ浜の端の方に出るはずです。鳶は海岸に流れつく魚の死骸などを見つけようと飛んでいるのでしょう。

そういえば、さっき大仏の頭の上でも鳶が2羽、舞っていました。

石段を上って拝殿の前で手を合わせました。奥の方で灯明が点っています。そこだけが明るく、まわりは暗くぼんやりとしています。案内書には鎌倉権五郎と梶原景時の本像があると書かれていますがよく見えません。

「知ちゃんはよく知ってるみたいだけど、これ何の神様なのさ」

石段を下りながらヒロコがいいました。

何も知らないで、ただ拝んでいる自分達がおかしくなりました。

「鎌倉にあって、鎌倉権五郎っていうんだから、このあたりの氏神様だと思うよ」


誰も居ないと思っていた拝殿の横から茶色の毛糸で編んだ帽子をかぶったやせた老人が出て来ました。竹箒を持っています。

ヒロコとの会話を聞いていたのでしょう。

「あんた達、権五郎さんのことを知りなさらんのか」

「何した人ですか」

「何した人って、この鎌倉の山の民の長じゃ」

「山の民って何ですか」

「杣人《そま》や山で仕事をする人、山に住んでいる人みんなじゃ」

「それで神様になったんですか」

何だそんなことか、というようなヒロコのいい方が気にいらなかったのでしょう。老人はしかたのない娘だという調子で、

「そればかりではない。あんたがたにいってもわからんだろうが」

と前置きして、

「権五郎さんはな、関東武士のお手本のような人であった。武勇にすぐれ、弓の名手でもあった。

その昔、八幡太郎義家公が今の秋田県の方の柵――柵というのは砦《とりで》みたいなもんだが――その柵を攻めた時、先鋒になって攻め込んだ。先頭だったんで、相手の矢が右眼に突き刺さったがその矢を抜きもせずに相手を射殺し、その柵を攻め落としたということじゃ」

「へぇ、強いというか、野蛮というか」

ひやりとするようなことを平気でいいます。

「野蛮ではない。剛の者というのじゃ」

老人は話に調子がでてきて機嫌が直ったようでした。

「それから、権五郎さんの名前を聞いて弓の試合に来るものが沢山おったが、誰も権五郎

さんには勝てなかった」

　どうだ、これでわかったか、といった様子で、ポケットから煙草を取り出しました。

「この拝殿の裏山にはよい矢竹がいっぱい生えておって、権五郎さんはそれで矢をお作りになったのじゃ」

「矢竹はわかったけど矢羽はどうしたんですか」

　その時、かげりはじめた陽光の中を鳥の影が通り過ぎました。

「権五郎さんの矢羽は鷹《たか》の羽よ。山鳥の羽などを使うものも居たが、権五郎さんのは鷹に決まっていた。今そこを飛んだじゃろう」

　知子はヒロコと顔を見合わせました。

「あれは鷹じゃなくて鳶だと思いますけど」

「いや鷹じゃ、わしはもう何十年もここでみているので間違いない」

　見上げると、また、弧を画いて舞っている鳶が視界に入って来ました。

「ほれ、やっぱり鷹じゃろう。鎌倉の山の鷹は性格も良く、羽の柄も美しい。権五郎さんにはぴったりじゃ」

　知子は逆らわないことにしました。この老人の中には理想の鎌倉権五郎像があり、その弓も矢も、鷹の羽も想念の中に生きているのでしょう。

　ヒロコも知子が思っていることがわかったようでした。

「あの、鎌倉権五郎さんに何か由縁《ゆかり》でもおありですか」

「わしがか。あるといえば嘘になりそうじゃが、全くないわけでもない。権五郎さんの子孫はずっと代々権五郎を名乗っておったが、初代からはもう千年よりも後になる。だからわからなくなった、というのが本当だろう。だが」

そこで、一息入れて、

「わしの家の名字は鎌倉というのじゃ」

老人はそのことを誇らし気に口にしました。

知子はヒロコと江ノ電の線路を渡って曲がった細い道を下りました。

坂の下から海岸に出ます。ところどころに平たい岩が頭を出していますが砂浜が広がっています。

波打際からかなり離れたところに、遠くてよくはわかりませんが鳶らしい鳥が下りています。近くには鳥も2羽何かをついばんでいました。

そろそろ鳥達の夕餉《ゆうげ》の時間なのでしょう。

「本当に鷹がいるのかなぁ」

もう、いわないではいられない、というような調子です。

ヒロコは何でも本当でないと気が済まないのです。

「今から千年以上も前のことだから、きっと沢山居たんだと思うよ」

「そうなんだ。その頃は公害や、団地もなかったから鷹の棲家だって沢山あったんだ」

知子は、この鎌倉の浜辺に近い森の上を鷹が沢山飛んでいるのを想像しました。

「でも、どうやってその鷹を捕ったんだろう」

「それは弓矢で射落としたんじゃないかなぁ」

第34話　オオコウモリ

一日中ビーチに居て目がちらちらしています。

海の青さが染みついて眼をつぶってもはっきり見えます。どこまでも群青の青です。

ここグアム島の五月は本当の真夏です。

麻里は三人のグループで来ました。


ビーチで日光浴をして、オプショナルツアーに出かけ、モールでショッピングそれからディナーショウ、というのがグアム観光の基本パターンと教えられて来ました。でもちょっと馬鹿らしいような気がします。

ショッピングやディナーショウには、あまり興味がありません。ショッピングで、本当は必要でもないブランド品を買う気なんて全くありません。そんな余分なお金もないのです。

グアム島でなければ本当に見られないこと、といえば、それは青い海です。

そして、最も素晴らしいものは何かとホテルのガイドデスクで尋ねてみると、

「サンセットね」

という答えです。

15才ぐらいの少年が教えてくれました。陽焼けして真っ黒です。自分はジェロニモというのだ。と偉そうにいいました。

麻里はとても嬉しくなりました。

海に太陽が沈むのを見るなんて久し振りのことです。

それに、まぁ、お金もかかりません。

ユキ子も奈々ちゃんも、その部分では賛成みたいですが、奈々ちゃんは、もうちょっと、何か、自分なりに散財できないと欲求不満になるのだといっています。

「それはそれで、いくらでも機会があるのだから」

となだめました。

「でも、すっからかんになるまで使っちゃうとすっきりするんだ」

すっからかん、といっても持ってるお金なんて知れています。

サンセットまではまだ大分時間があるので、恋人岬に行ってみることにしました。バスで行きます。展望台の入場料のみで7ドルもします。

展望台は海の上に突き出ていて、すぐ下は見られませんが、タモンのホテルがこまごまと並んでいる遠くを見てもこわいみたいです。

写真を撮ろうとすると、小さい子供が寄って来て、シャッターを押してくれるといいます。1回シャッターを押すとそばへ来て手を出します。奈々ちゃんはへんな発音の英語でもう1回だといいました。そうしたら子供も指を2本出しました。でも渡したコインは1個です。

「ダメ。1回分」

奈々ちゃんは背が高いから迫力があります。

でも子供も黙っていません。全然わからない言葉で、ガチャガチャという音のように抗議しました。

ちょうどそばに居た紺色のゴルフ帽をかぶった日本の商社マンらしい男の人が、その子に向かって何かいいました。子供はチェッというような顔で離れて行きました。

「甘い顔するとすぐつけ上がるから気をつけた方がいいね」

男の人はお礼の言葉をいう間もなく連れの人の方へ行ってしまいました。誰かを案内しているようです。

タモンのビーチへ戻りました。

「サンセットはタモンのでないと本物でない」

というのです。

まわり中海なのですから、夕陽が沈むのはどこで見ても同じだと思うのですが、ここでなければならないというのは、やはりお国自慢の一つなのでしょう。

海岸にはサンセットを見ようと人が集まって来ています。集まって、といっても、あっちに二、三人、こっちに四、五人といった程度で、ホテルの大通りをぞろぞろ歩いている人から比べれば、ほんの少しです。

太陽が水平線に向かって次第に下がっていくのがよくわかります。空の上で白銀に輝いている太陽と異なり、金色の大きな玉で、その近くの薄い横長の雲も金色に染まっています。

西方に極楽浄土があると昔の人が思ったのはこれを見て、だろうと麻里は思いました。その金色の玉の一端が水面に触れると、金色の帯が水色を一直線に自分達に向かって伸びて来ました。何もかも忘れてしまう瞬間です。

太陽は徐々に水平線の下に入っていきます。それが地球の自転に関わる現象であることはわかっていても、それを超えた何事かを人の心に与える超自然的な事柄であるようです。

太陽がすっかり水平線の向こう側に隠れると集まっていた人々は散りはじめました。いつの間にこんなに、と思うほどの人数になっていました。

急に現実に戻って、どこで夕食を食べるかの相談です。ホテルのレストランでもよいのですが、せっかくグアムまで来たのだから、何かそれらしいものを食べたいと思いました。

「ぼくは鶏肉だめなんだ」

奈々ちゃんが男の子みたいに宣言しましたが、そんなのは、いわゆる建設的な意見ではありません。

どうしようかといいあっているところへ、向こうからジェロニモがやって来ました。そこで、グアム料理を食べるのはどこへ行ったらよいか尋ねると、

「ベイレスがいい」

と片言の日本語でいい、地面に棒切れで地図を描いてくれました。


ベイレスは見てもすぐにレストランとはわからないような白ペンキを塗った板ばりの、コテージ風の建物でした。扉はこわれていて、一部だけが残っています。

グアムのものだというのでチャモロ料理を3種類頼みました。

「他に何かグアム特別のはないのかなぁ」

ユキ子が急にいいました。それが聞こえたのでしょう。

小柄で眼のぱっちりしたウェイトレスが寄って来て、

「コウモリのステーキ」

といいました。三人共ぎくっとしました。

すると後ろの席の人がゆっくりと振り向きました。さっき恋人岬に居た商社マンのような人でした。

「コウモリ料理はここの名物料理ですよ。名物料理だった、というべきかな」

少し笑いながら、

「グアムオオコウモリといってね。英語ではフライングフォックスていうんだけど、昔は沢山居たらしい。25万くらいっていったかな。草食なんでジューシーで結構美味しいんでね。ここに遊びに来た人たちが珍しがって、食べて、とうとう食べつくしてしまった、というんです。今、出てくるのは別の島からの輸入品ですよ。まぁ、食べてみたらどうですか」

陽焼けした浅黒い顔に白い歯が印象的でした。

でもコウモリのステーキはやめにしてビーフのステーキにしました。

動物の絶滅がいわれ、日本のトキも完全に居なくなったといわれています。

自然災害や、農薬などで滅びたというのもよく聞く話です。

しかし、人間が食べ尽くしたというのはなんともやりきれない話です。

食事の間、三人共黙っていました。

「でも、いくら美味しいからっていっても、コウモリの肉は食べたくないよね」

奈々ちゃんが、沈んだ空気を吹きはらうようにいいました。

「日本人と外国人は感覚が違うんじゃないかな」

「そうかもしれない」

と麻里も思いました。でも、それは微妙な問題を含んでいるようです。

第35話　野鳥を飼う（一）

農協の会計の宮崎さんはメジロ名人といわれています。

メジロを捕まえる名人というのではありません。捕まえるのは無論上手ですが、それを仕込む、つまり育てるのもとても上手なのです。

野鳥を飼うのには都道府県に届け出なければなりません。しかし、宮崎名人は届け出なんてしません。そんなことは誰でも、駐在さんも知っています。しかし文句をいう人はいません。名人というのはそういうものなのです。

本人も、

「別に野鳥を減らすなんてこたあない。どうせもっと大きい鳥に獲られるのが年に100や200は居るのだから、その内の1羽か2羽俺が助けてきて、まあ自然を保護しているようなもんだ」

といっています。

実際、宮崎さんが捕まえるのは平均すると1年に1羽ぐらいです。飼っているのは2羽で、1羽は自分の手元で育て、もう1羽は診療所の木本先生のところに置いてあります。

それは1羽が落鳥した時、もう1羽を補充する際、囮《おとり》に使うメジロが必要だからです。無論、そうした功利的な考えばかりではなく、宮崎さんに劣らず木本先生もメジロを心から愛しています。

その木本先生の紹介で、正吉は宮崎さんに野鳥の飼い方を教わりに行くことになりました。

野鳥の救護活動を手伝っているのですが、その回復期の給餌、介護など必ずしも十分ではありません。詳しく知っている人もありません。傷は治ったが餌を食べないで死んでしまうことも多いのです。

そこで診療所の木本先生に相談してみたところ、

「それは餅は餅屋というもので、その道の専門家に習うことだ」

というので、宮崎さんに弟子入りすることになったのです。

日曜日の朝、宮崎さんの家をたずねました。

古くからの農家で、籾《もみ》干し場を兼ねた庭があって、それに向かう縁側で宮崎さんは石臼をゆっくり廻していました。

挨拶もそこそこに来意を告げると、

「あぁ、木本先生に聞いていた。ところで何を知りたいんだね」

「野鳥の飼い方です。小さい鳥の育て方や、怪我した鳥の餌付《えづ》けの仕方です」

正吉がいうと、宮崎さんは手を休めて、縁のところへ座り直して、正吉にも座るように手で示しました。


保護される野鳥には、巣から落ちて戻れない幼鳥や、他の鳥に襲われて羽が傷ついた若い鳥も少なくありません。

せっかく治療をしても餌を食べなかったり、急に食べなくなって死ぬものもあります。最初から頑固に口を開かないものも居ます。そんな時はどうしてよいかわかりません。そのようなことを話しました。

宮崎さんは黙って聞いていましたが、

「普段はどんな餌をやるんだね」

「アワや米なんかです。小さい鳥には砕いて水で練ったりしてやるんです」

「食べるかい」

「食べるのも居ますが、食べないのが多くて困っています」

うんうんとうなずいて、

「擂《す》り餌《え》はやらないのかね」
「誰も作り方を知らないのです」
「まず、それを作るのを覚えることから始めるんだな」

野鳥を飼うのは擂り餌というのは正吉も知っていました。子供の頃、隣の家のおじいさんが、酒の盃に緑色のドロドロしたものを入れてウグイスにやっているのを見たのです。後で父親にきいてみると擂り餌というものだということがわかりました。

ところが、救護センターでは誰も知らないのです。自分達は自分達のやり方でやれば良い、という考え方のようです。

知りたいことは本を見ればよい、誰の世話にもならない、というのが現在の行き方なのでしょう。古いものは駄目だと広言する仲間もいます。

何かちがうようだと正吉は思っています。

「まず、なるべく上等の米糠《こめぬか》1升をよく炒る。焦がさないように、十分火が通るまで炒るんだ。次に玄米2合と大豆1合をそれぞれよく炒って粉にする。なるべくこまかくな。石臼がなければ手廻しの製粉機でやればよい」
「玄米でなければいけないのでしょうか。普通の胚芽米なんかではどうですか」

「手に入らなければ仕方がないが、なるべく玄米がよい。その方が消化が良いようだ」

「この3つをよく混合する。これを上餌《うわえ》という。しめりやすいから密封できる缶などにしまっておく」

正吉はノートを取り出して分量を書き込みました。

「何か注意することはありませんか」

「手順通りやればよいが、何よりも大切なのは鳥達においしいものを食べさせてやりたいという気持ちで作ることだ」

正吉は、

「はっ」

としました。

今迄、そんな気持ちで鳥の餌を作ったことがあるだろうか。いつも何か面倒くさい、という気持ちが先に立っていたのを思いました。

宮崎名人はそんな正吉の気持ちとはお構いなしに、

「まだ安心しちゃいけない。これから下餌《したえ》だ。これは小さい川魚を獲ってくる。ハヤや小ブナが良い。これを焦がさないようにからからになるまで焼いて擂り鉢でよく擂って粉末にするのだ」

その後で、上餌を1に対して下餌を0・55まぜたものを5分餌、0・4まぜたものを4分餌ということを説明し、昆虫類を多く食べる鳥には下餌を多くし、果実を多く食べる鳥には4分餌、3分餌を与えることなどを教えてくれました。

この餌は、青菜1枚を擂り鉢でよく擂ってどろどろにして、作っておいた粉の餌を加えて、餌猪口《えちょこ》に入れて与えるのですが、餌猪口からいくらか盛り上がるくらいの硬さがよいというのです。

正吉はちょっと憂うつになりました。手間がかかりすぎるのです。宮崎さんも正吉の様子でわかったようでした。

「全部話を聞くと大変そうだが、5分餌、4分餌など、暇な時に作って粉のまま缶にしまっておき、餌をやるときは菜っ葉を擂ってまぜるだけでよい」

といってくれました。

帰り途に診療所に寄りました。

木本先生に、その大変なことを聞いてもらおうと思ったのです。

先生は休診日で、裏庭で萬年青《おもと》に水をやっているところでした。

正吉の話をきくと、

「何でもそう簡単にはいかないわな」

先生は笑いながら、

「まあ、ゆっくりやることだ」

「でも、それじゃ間に合わないんです」

「よく考えてみることだ。あんた達救護活動をしてるっていうが、怪我した鳥なんてもう大昔から居るので、今急に出て来たもんじゃない。まず、看護の技術を身につけなければ何をやっているのかわからないではないか」

そして、

「野鳥を飼う技術は、日本の世界に誇るべき技術なんだ。それは江戸時代の半ば頃から考え出され改良されながら今日迄連綿と伝えられているんだな。この伝統的な技術を後世に伝えるのも大切なことだ」

正吉は、何か割り切れない気持ちですが、兎に角、この技術をマスターしてみようと思いました。

（つづく）

第36話　野鳥を飼う（一）

野鳥の救護センターは体育館の横の、以前は用具の倉庫だったところです。

傷ついたり、拾われたりする野鳥が多くて、大学の動物病院では扱い切れないので、救護センターがつくられました。名称は立派ですが、内容は貧弱以下といってよいでしょう。

入ってすぐは処置室で獣医学科の学生が主に治療に当たり、後ろ半分は介護室、いわば入院室で、多数の鳥篭、ケージ類があり、鳥くさい臭いが満ちています。

ハト、ムクドリ、スズメ、ウグイス、ヒバリの幼鳥など種々で、うずくまっているのもいれば、もう元気で、その辺の林の中へ帰って行けそうなものもいます。

準センター長ともいうべき年長の加藤さんが小さな篭を手にして入って来ました。

「この忙しいのに、スズメなんか拾って来てくれるなよな。片っぽの羽がやられていて、地面でぐるぐる廻ってたっていうんだ」

よくあるやつだ、と正吉は思いました。カラスにでも襲われたのでしょう。

暗くして、気持ちを落ち着かせ、餌を与える。それで食べるようなら大体よくなるというのが一般的な看護法ですが、そのぐらいしかできない、というのが実情なのです。

正吉は、校舎の裏の潅木の繁みに行って木の枝を切って来ました。止まり木にするのです。止まり木にはニワトコがよいといわれていますが、そんなものはないので適当な枝を選んで来ました。

鳥が止まったとき、握った上の爪と下の爪が重なるようなものは細すぎで、かといって太すぎるものは体の安定がわるくなるからよくない、と宮崎名人に教えられています。


「それ何すんの」

入口のところで弥生に会いました。

新入りのスタッフで文学部の学生です。

止まり木にするのだというと、

「そんなの割り箸でいいじゃない」

「細すぎるよ」

「2、3本束ねればいいじゃん」

なんて雑なやつなんだ。正吉は腹立たしくなりました。

「やはり自然のものがいいんだ」

した。

「カナリヤとセキセイを中学のときまで飼っていた。結構丈夫だったよ」

この程度だとハトか何か、もっとやさしい鳥の面倒を見てもらえばよかった、と思いま

「おまえ、今迄に鳥を飼ったことあるか」

正吉はちょっとがっかりしました。

「そうか」

「どうしても食べないで死んでしまった。麻の実もちゃんとやったんだけど」

「ところで、この間のヤマガラみたいなやつはどうなった」

「そうかなぁ」

小学生が持ってくるのはハトとかスズメが多く、その母親ぐらいの人が持って来るのはもう少し、飼うのがむずかしい、野鳥といわれる鳥が多い傾向があります。

一昨日、そうした母親らしい人が持って来たのはコウモリでした。

小学校の、校舎のつなぎ廊下に落ちていたというのです。

「百科事典で調べるとコウモリは狂犬病ウイルスを持っていることがある、と書いてありました。それも調べてもらえませんか」

「狂犬病をもっているのはアメリカの吸血コウモリで、日本のには狂犬病はないと思いま

す」

正吉も、コウモリが牛の背中にとりついて、咬んでいる絵を思い出しました。

「それにコウモリは鳥ではないので、獣医学科の方で、みてもらうことにします」

「やれやれ、鳥とコウモリの区別もつかないのか」

依頼人が帰った後で、子ヒバリの面倒を見ていた加藤さんがいいました。

「この間は、亀の甲羅を焼いて占いをするのはどうやるんだって聞きに来たやつが居たよ。何でも飼っていた亀が死んだんで、何か使い道はないかって思ったらしいんだ」

「それでどうしたんですか」

「専門の占い師がやらないと効き目がない、といっておいた」

ちょっと変だ、と正吉は思いました。

聞きに来た人は古代の亀甲占いの方法を尋ねているので、効くか効かないかを聞いているのではないはずです。

でも、黙っていました。

正吉は小さい擂《す》り鉢で、小松菜を擂りつぶしました。筋の部分は除いてあります。

弥生が不思議そうに見ています。

どろどろになると、海苔の缶から上餌を大匙2杯量って、その中に入れ、下餌も同じだけ入れました。五分餌です。

「おいしそうなにおいがする」

弥生がいいました。

香ばしい匂いです。

上餌も下餌も、最初だから、ということで宮崎名人が作ったものを缶に分けて貰って来ました。

それだけでは硬いので、少し水を加えて調節し、餌猪口《えちょこ》に入れました。

「何だか古めかしいね」

弥生がいいますが、正吉は無視しました。

そして、昨日入って来たシジュウカラの篭の止まり木の横の金具に掛けました。

シジュウカラは目をつぶっていましたが、匂いにつられてか目を細く開きました。

それから、どうしようかと考えている風でしたが、嘴を餌猪口の縁に差し込むように入れ、続いて2、3度餌を取り込むようにしました。

「あっ、食べた」

「まだ食べてはいない。あれは水分を飲んでいるんだ」

「ふーん」

「水分を飲んでいるうちに味を覚えて食べるようになる」

宮崎名人の話の受け売りですが、正吉は先輩らしくいいました。

少し餌を食べると、シジュウカラは口を拭うように、2、3度止まり木にこすりつけました。

「やっぱり割り箸じゃ染み込んじゃうからまずいね」

弥生は自分で納得したようにいいました。


餌を食べるようになると、シジュウカラは急に元気になりました。

昼間は2本の止まり木の間を行ったり来たりしています。

はじめは疑わしく思っていたらしい弥生も、すっかり擂り餌ファン――そういうものがあるかどうかわかりませんが――になりました。

粉にした粟などでも何とか間に合う小雀にも擂り餌を与えて、食べた食べたと喜んでいます。

擂り餌作戦は大体軌道に乗ったのですが、野鳥の看護をよりよくするには、さらに先へ進まなければなりません。

「虫を飼えるようになりゃ一人前だ」

宮崎名人にいわれています。虫を飼うといってもキリギリスや鈴虫を飼うのではありません。野鳥の好む虫、たいてい幼虫ですが、それを餌として与えるために飼うのです。弱った鳥とか、換羽時とかに与えますが、普段からほとんど虫しか食べない鳥も居ます。山ブドウの蔓《つる》に寄生するエビヅルムシやフクロムシ、ミノムシなどを好む鳥が多いのですが、これらをいつも供給することはできません。そこで虫を飼う技術が必要です。擂り餌の時のように、また一歩から始めることになります。頼りはまた名人です。

正吉は、あの半分白髪頭を角刈りにした宮崎名人を思い浮かべました。

第37話　期末試験前

地下鉄の中で弥生ちゃんに会いました。

「勉強してる」

挨拶がわりです。期末試験まで十日もありません。

「それどころじゃないんだ。バイトが忙しくて休めないんだ」

何かふてくされているようないい方です。

「それでさ、一緒に組んでいるやつがずるくって、何でも私に押し付けるんだ。自分はぶらぶらしていてさ、上の人が来たときだけ働いているふりするんだよ。誰にお世辞使っておけばよいのかちゃんと知っていてさ、店長さんより下のチーフっていうのが居るんだけど、そいつの覚えが目出たければいいんだ」

弥生ちゃんは九州から出てきていて、お金もかかるのでしょう。

（自分は自分の家から通っているのだから幸せなんだ）

別れてから、真由子は思いました。

「でも、大丈夫なのだろうか」

弥生ちゃんは初めから、

「追試が通ればいいんだ」

といっていますが、本当はちがうような気がします。

初めからそんなつもりでいるのではないでしょうが、この時期、誰でも追いつめられたような気分になっているのだと思いました。


家に帰りつくと、いつものようにリュウ太が出迎えに来ました。

リュウ太は4才のパピヨンで、真由子が帰るといつも玄関に迎えに出て来ます。

「いいねぇ、おまえはテストが無くって」

差し出した手をちょっと舐めて愛想をして、つきまといながら居間に戻るのです。


いつもとちがって母が黙っているので少し気になりました。

「どうかしたの」

「ちょっとね」

「ちょっとって何さ」

母はいおうかどうか迷っていましたが、決心したように、

「お父さんの会社の方がよくなくてね」

少し前から何となく感じていたことでした。

「それでどうなるの」

「どうなるのっていっても、あなたがどうできることでもないからね」

はっきりしません。

いつもこうなのです。もう少ししっかりすればよいのに、真由子は思います。自分の母親ながら口惜しくなります。

「どうするか」

真由子は口に出していってみました。

自分の部屋で独りになると、思っていることを言葉でいってみて考えを整理するのです。

「アルバイトをすれば学校は続けられるかも知れない。今年度の授業料はもう払ってあることだし」

アルバイトをしている同級生を何人か思い浮かべました。

でも、その人達は、そろって成績が良くありません。弥生ちゃんもその一人です。アルバイトで疲れてしまうのでは何のために学校へ行っているのかわかりません。

学校へ通って知識、技術を身につけるのは、今すぐ役に立つことではないかもしれませんが、1年後、卒業して社会へ出て働くために必要なことです。

「そんなむずかしいことじゃない。1年持ちこたえればいいのだ」

真由子はもう一度言葉にして、いってみました。

何よりも、まず目の前の期末試験です。

入学してからまだ半年で、授業の内容もわからないことばかりです。

高校で習っていた事柄と用語からして違うのです。

解剖学、臨床病理学、免疫学など、一体何を習っているのか、初めは全くわかりませんでした。

高校で習っていたことは、大体、普段使っている言葉で間に合っていました。いわば、常識の範囲の話であったのです。

ところが、この動物看護の専門学校ではそうはいきません。

ただの前足の骨ではなく、橈骨《とうこつ》、尺骨《しゃっこつ》といったり、虫さされみたいに赤く腫れたのがアレルギー反応だったりします。

覚えなければならないことがノートにぎっしりです。

「これじゃあアルバイトと両立させるなんて、とても無理だ」

真由子は途方にくれる思いです。それに実習だって、遅くなる日は夜の8時過ぎまでかかります。

二日たって、また弥生ちゃんに出会いました。

「もう学校やめようかと思うんだ」

「どうして」

「出席も足りないし、授業のことだって全然わかんないんだ。それに今だって結構お金稼げてるし」

「それはちがうよ。アルバイトは一生やって行くようなもんじゃないよ」

「わかってるけどさ。何もかもがいやになったんだ」

弥生ちゃんの顔を見ました。5月の連休の頃は明るくって、誰からも好かれる感じでした。まだ、あれからそんなにたっていないのに生気がありません。

何とかしてあげたいと思うのですが、自分のことさえおぼつかない状態です。


お昼のおにぎりを買ってコンビニを出たところで呼び止められました。

石崎先輩が手招きしています。

「テストの準備している」

高校からの上級生です。

真由子は今の窮状を訴えてみました。

「誰でもそうなのよ。今迄とちがって何を勉強していいかわかんないのよね」

そして笑顔で、

「先生が同じなら毎年同じような問題が出るんだから、去年の問題を教えてあげる。おとしの問題も貰ってあるから」

夢のような話です。

急に希望が見えてきました。

石崎先輩は本当に大人の雰囲気です。

「たった一年上なだけであんなに余裕があるんだ。自分も一年たったらあんな風になれるだろうか」

心配がまた一つ増えました。


翌日、今迄のテストの問題の束を貰いました。

「そうだ、コピーを作って弥生ちゃんにもあげよう。そうすれば何とかなるかも知れない」

出席日数が足りないのは担任や、それぞれの教科の先生に泣きついて、それから考えればよい。

どうも自分以外の人のことだと気分昂揚してやる気になります。ボランティアの精神というものでしょう。

でも、自分のテストのことも心配です。

「どうして世の中は心配なことばかりなのだろう」

玄関を入っても、いつものリュウ太のお出迎えはありません。

悪い予感がしました。

「今日は朝から何も食べないのよ」

母がいいました。

リュウ太は部屋の隅でじっとしています。こんな時に心配事が重なるなんてうらめしくなります。


「お父さんの仕事はどうなったの」

本当は一番ききたいことでした。

「いろいろあったみたいだけど、系列の会社へ出向になるんですって。まぁよかったってとこかしら」

真由子は、少し明るい陽が射してきたような気がしました。

期末テストは来週の月曜からで、後三日です。

著者プロフィール

後藤　直彰（ごとう　なおあき）

昭和９年10月　東京都生まれ
昭和45年３月　東京大学大学院農学系研究科獣医学専攻博士課程修了
昭和45年４月　東京大学農学部助手
山口大学農学部病理学教室助教授
東京大学農学部獣医学科病理学教室教授
国際動物専門学校校長
令和２年10月　逝去

本書は動物看護専門誌『as』（インターズー〔現 EDUWARD Press〕発行）において、1996年4月より2001年8月まで連載した短編小説をまとめたものです。

人と動物とヒトと

2023年６月15日　初版第１刷発行

著　者　後藤 直彰
発行者　瓜谷 綱延
発行所　株式会社文芸社
〒160-0022　東京都新宿区新宿1－10－1
電話　03-5369-3060（代表）
03-5369-2299（販売）

印刷所　株式会社フクイン

ISBN978-4-286-24208-8